京都祇園もも吉庵のあまから帖8

志賀内泰弘

PHP
文芸文庫

○本表紙デザイン＋ロゴ＝川上成夫

もくじ

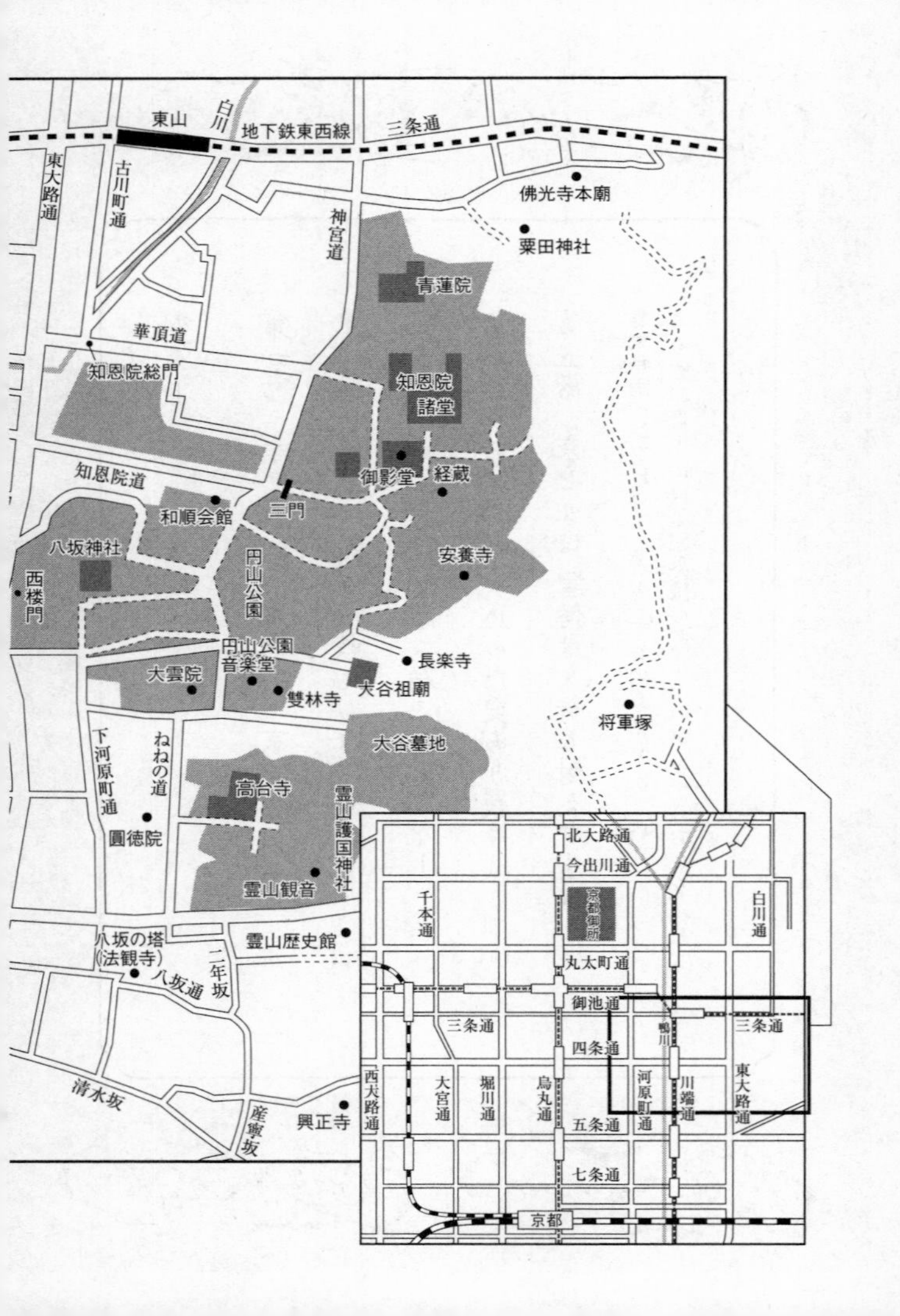
東山
白川
地下鉄東西線
三条通
東大路通
古川町通
佛光寺本廟
神宮道
粟田神社
青蓮院
華頂道
知恩院総門
知恩院
諸堂
知恩院道
御影堂
経蔵
三門
和順会館
八坂神社
円山公園
安養寺
西楼門
円山公園
音楽堂
長楽寺
大雲院
雙林寺
大谷祖廟
将軍塚
大谷墓地
下河原町通
ねねの道
高台寺
霊山護国神社
圓徳院
霊山観音
霊山歴史館
八坂の塔
(法観寺)
八坂通
二年坂
清水坂
産寧坂
興正寺
北大路通
今出川通
京都御所
白川通
千本通
丸太町通
御池通
三条通
鴨川
三条通
四条通
西大路通
大宮通
堀川通
烏丸通
河原町通
川端通
東大路通
五条通
七条通
京都

祇園町付近図
もも吉庵界隈
河原町三条
檀王法林寺
三条通
地下鉄東西線
三条京阪
三条大橋
京阪三条
瑞泉寺
若松通
六角通
先斗町通
花見小路通
誓願寺
河原町通
高瀬川
古門前通
裏寺町通
大和大路通
木屋町通
鴨川
新門前通
辰巳大明神
川端通
新橋通
白川
寺町通
新京極通
四条河原町
祇園会館
京都河原町
四条通
四条大橋
南座
仲源寺
一力亭
京都高島屋
祇園四条
花見小路通
有楽稲荷
祇園女子技芸学校
団栗橋
正伝永源院
京阪本線
新道通
仏光寺通
大和大路通
建仁寺
祇園甲部歌舞練場
河原町高辻
安井金比羅宮
宮川町通
恵美須神社
禅居庵
八坂通
松原橋
六道珍皇寺
松原通
東大路通
寺町通
河原町通
六波羅蜜寺
清水五条

登場人物紹介

もも吉　祇園の〝一見さんお断り〟の甘味処「もも吉庵」女将。元芸妓で、お茶屋を営んでいた。

美都子　もも吉の娘。元芸妓で京都の個人タクシーの美人ドライバー。ときおり「もも也」の名で芸妓も務める。

隠源　建仁寺塔頭の一つ満福院住職。「もも吉庵」の常連。

隠善　隠源の息子で副住職。美都子より四つ下の幼馴染み。

明智夢遊　茶道「桔梗流」家元の嫡男。二十一代目。

斉藤朱音　老舗和菓子店、風神堂の社長秘書。ちょっぴり〝のろま〟だけど心根の素直な女性。

若王子美沙　風神堂の南座前店の副店長。朱音が苦手。

おジャコちゃん　もも吉が面倒を見ているネコ。メスのアメリカンショートヘアーで、かなりのグルメ。

第一話　幸せの四つ葉探して京の春

「ごちそうさま。ほんま美味しかったわー」

美都子が店の外へ出ると、青空が広がっていた。

つい先ほどまでの薄雲がいつしか立ち消えている。

やわらかな春風が頬を撫でていく。二日続きの雨が嘘のようだ。

隠善が、いつもの法衣姿で相槌を打って答える。

「ほんまや、ラム酒の香りが、ふわぁ～て口の中に広がって極楽浄土の気分や」

「プッ！　極楽浄土ってなんやの」

モンブランを食べて、「極楽浄土」とは大袈裟な。そう思い、噴き出してしまったものの、確かに甘いもんを食べると、この上ない幸せな気分になれる。

美都子が、隠善を伴って訪れたのは、マールブランシュの京都北山本店だ。「贅沢モンブラン」を食べるのが目的で、二人でやって来た。

美都子は、個人タクシーのドライバーだ。広い襟のついたシルバーグレーのベストに紺のスーツ。上着の両袖とスラックスの脇には、縦に二本、山吹色のストライプが走っている。首筋には、有名なミラノブランドのスカーフが、ネクタイのようにキュッと巻かれている。すべて、自分自身で注文して誂えたものだ。

やや目じりが下がり、いつも微笑んでいるように見える瞳。スーッと芯の通った小高い鼻。そして、前髪をクルッと小さくカールさせたショートボブに、天使の輪が光る。

女優に間違われることもあるが、それにも慣れてしまった。

それもそのはず、夜は祇園甲部の芸妓をしている。おそらく、日本中の花街で、このような二足の草鞋を履く者は他にいないだろう。

そんな美都子が、恋に落ちた。

もう十年以上も前のこと。相手は、運送、不動産、金融と幅広い企業グループを有するフジジャパンホールディングスの社長、藤田健である。

猛烈にアタックされた。初めははぐらかしていたが、それがいつしか、美都子の方も恋焦がれるようになった。ところが、藤田に降りかかった禍から、実らぬことを承知の忍ぶ恋となってしまう。それでも美都子は、藤田に思いを寄せ続け、年に一度だけ祇園祭の頃、一目逢うことだけを楽しみにして生きてきた。

美都子はぽっちゃりとした唇を、「恋多き性格」だと占われたことがある。しかし、本気で思い続けたのは、藤田ただ一人だ。

その恋がせつなくも悲しい結末を迎えたのは、ほんの二週間ほど前のことだった。

藤田への想いを、高瀬川の水面へ花筏とともに流し、見送った。

以来、心が沈み、何も手につかない。

ただ、鴨川のほとりでぼんやりと、日の暮れるまで過ごした。

(うちがまさか、こないに心の弱い人間とは思わへんかった)

あまりにも恋焦がれた歳月が長かったせいかもしれない。「忘れよう、うん、忘れるんや」と、自分に言い聞かせてはみるものの、「失くした恋」は胸の内から消えてくれない。こんな時には、人は「新しい恋」を見つけることが特効薬だと言う。されど、藤田ほどの相手が、そうそう見つかるはずもない。

そんな時である。

幼馴染みで、建仁寺の塔頭・満福院副住職の隠善が、「甘いもん食べに行かへん?」と、誘ってくれた。隠善の本名は善男。四つ年下だ。幼い頃は、近所の子らと一緒に遊ぶ時、一番後ろから付いてきた。いじめられると、よくかばってやったものだ。

美都子はいつの頃からか、隠善が自分に好意を抱いていることに気付く。でも、恋の対象として見ることができない。にもかかわらず、ちょっと隙を見せると、告白する機会を窺っているのがわかる。そのため、あえて「善坊」と呼んで、心の距離を置くようにしている。

その隠善が、励まそうとしてくれている。それも、さりげなく。その気遣いが、嬉しかった。

さらに、「僕が奢ってあげてもええで」と言う。美都子は半ばふざけた調子で「善坊の奢りやて！」とはしゃぎ、チーズケーキにゼリーポンチなど、その日は三軒ものスイーツ巡りをした。

「甘いもん」をはさんで、幼い頃のおもしろおかしい思い出話に花が咲いた。

隠善は、一切、藤田のことに触れようとしない。

ぽっかりと開いた心の穴に、隠善のやさしさがじんわりと沁みてゆくのがわかった。

美都子は、心の置き所がないほど落ち込んでいる今、ただこうして側にいてくれることを、本当にありがたいと思った。薄紙を剝ぐようにして、心の傷口が癒されていく。

隠善の気遣いに感謝こそすれ、これは「恋」とは違うのだと自分に言い聞かせる。

それでも夕べは、賑やかなお座敷の帰り道、ふと淋しさに襲われた。一晩、眠れずにもがいたあげく、翌朝、隠善に声を掛けてしまった。

「今度は、うちが奢るさかい、また甘いもん食べに行こか！」

と。隠善は、そんな美都子の気持ちを察してくれたようで、

「ええなぁ、ええなぁ。植物園の遅咲きの桜も見頃らしいで。北山の方、行ってみよか。あのあたりも『甘いもん』がぎょうさんあるさかい」

と、応じてくれた。以前の隠善なら、「それって、ひょっとしてデートか？」などと言っただろうが、わざと気持ちを抑（おさ）えているように見える。美都子の心の中に、まだ藤田の陰（かげ）が居残っていることを見通しているに違いない。

ただの幼馴染みだった。

弟のように思っていた。

それがふと気づくと、心の距離が何歩も近づいているかのように思えてしまう。

店の入口を出たところで、

「ここで待っててや」

と隠善に言い、駐車場にタクシーを取りに行った。再び、車を回して店前の通りに停車する。美都子が、助手席のドアを開けると、隠善が乗り込んで来た。サイドブレーキを下げて、出発しようとしたその時、後部座席のドアをコンコンッと叩（たた）く音がした。

　美都子が振り返ると、女性が後部左側のガラス越しに見えた。歳は三十を過ぎた頃か。女性も、助手席に人が乗っていることに気付いたようだ。美都子は、隠善の座っている助手席の窓を開け、

「すみません。タクシーお休みなんです。今日はプライベートで……」

と言いかけて、ハッと言葉に詰まった。顔つきが、よほど切迫したものに見受けられたからだ。

　女性の後ろに、幼い子どもを抱きかかえた男性が心配そうな顔をして、こちらをのぞき込んでいることに気付いた。旦那さんと子どもだろうか。その子どもが熱でも出して、病院に連れて行きたいのか。それとも、親が危篤で一刻も早く駆け付けたいとか、そんな緊急事態に違いないと思った。

　しかし、意外な言葉が返ってきて、美都子は言葉を失ってしまった。

「前のタクシー、追ってもらえませんか？」

「え⁉」

「急いでるんです」

　美都子は隠善と、顔を見合わせた。

「美都子お姉ちゃん、これって刑事ドラマでよくあるやつ違う？」

「まさか……？」

子連れ夫婦の刑事なんて、聞いたことがない。

前の方をチラチラと見ながら、ますます焦っている様子だ。

「ごめんなさい。あ！　タクシーが行ってしまう。お願いします！　お願いします！　乗らせてください」

両手を合わせて懇願する。どう考えても尋常とは思えない。「今日はプライベートだから」と伝えただけでなく、助手席に人が乗っていることがわからないはずがない。となると……よほどの事情がありそうだ。

先の信号が青に変わった。女性が指さしたタクシーも動き出そうとしている。

（うちのおせっかいは、どうやら母親譲りみたいや。なんや知らんけど、人助けになるんやったら……）

そう心の中で呟き、

「乗ってください」

と言い、後部のドアを開けた。

「おおきに」

と女性が言うと、子どもを抱いた男性も乗り込んで来た。

隠善が、シートベルトをはずして降りようとすると、女性が声高に言う。

「行ってしまう！　早よお願いします」

「ごめんなさい。無理は承知です。どうか家内の言うことを聞いてやってくださ
い」

と、旦那さんが美都子に向かって手を合わせる。美都子は、

「任せときなはれ」

と言い、助手席に隠善を乗せたままアクセルを踏み込んだ。

先を行くのは、ヤサカタクシーだ。北山通を東へと向かう。すぐに追いつき、十メートルくらい後ろにぴたりと付けた。

「どないしましょう。横に付けてクラクション鳴らして、止まってもらいますか？

それとも、気付かれへんように尾行した方がええですか？」

女性は、前部の座席と座席の間に身を乗り出して言う。

「見失わへんよう、追い掛けてください」

「かしこまりました。そやけど、シートベルトは締めてくださいね」

美都子は、眼を凝らして前のタクシーを見つめた。車は、そのまま真っすぐに東へと向かった。白川通に差し掛かり、右折したところで旦那さんが言う。

「メーター止まったままです」

隠善が、

「ほんまや、美都子お姉ちゃん」

と美都子の方を向く。

「忘れてたわ。まあええわ。ボランティアや」

「そうは行きません。メーター入れてください」

と、旦那さんが言う。

「おおきに。なら、入れさせてもらいますね」

前を行くヤサカタクシーは、白川通をどんどん南へと下がってゆく。なかなか停まらない。ついには、南禅寺（なんぜんじ）を通り過ぎて、三条（さんじょう）も通りすぎた。この辺（あた）りは、蹴上（けあげ）のインクラインがあり、桜の名所だ。つい二週間ほど前は花見客でいっぱいだった。それも通り過ぎ、山科（やましな）方面へと車は向かった。美都子は尋（たず）ねた。

「お客様のおっしゃる通りに走らせてもらいます。そやけど、もしよかったら、教えていただけませんでしょうか。なんや、特別なご事情が……」

最後まで言い終わらぬうちに、女性が言った。

「ここで停めてください」

「え？」

「停めてください！」

美都子は、言われるままに、路肩に車を寄せて停めた。

「ええんですか？　こないなところで。前のタクシー行ってしまいますよ」

「でも……でも……こないに遠くまで来るなんて思わへんかったから」

「え？　……」

「恥ずかしながら、お金が足りないんです。これ以上走ると」

旦那さんが、ぐずり始めた幼子をあやしながら言う。

「前のタクシー、四つ葉やったんです」

「四つ葉？」

「『四つ葉のクローバー号』言うんやそうですね。家内が見つけて手を挙げて乗ろうとしたら、先に手を挙げた人が乗ってしまわはったんです。でも、どうしても四つ葉のタクシーに乗りたいからと、タクシーを追い掛けて、前のお客さんが降りはったところを捕まえて、乗ろうとしたんです」

　事件の捕り物ではないにしても、何かよほどの理由があるに違いないと思った。なのに……。まさかの顚末に声も出ない。

　隠善も同じ気持ちらしく、顔を合わせて互いに首を傾げた。

　近藤響子は、夫の智也と娘の珠美と三人で、「よく当たる」という噂の占い師の館に出かけた。運が悪く、良くないことが続いているからだ。

するると、「あなたは、今後も大きな不幸に次々と見舞われる」と言われ、よけいに怖くなってしまった。それを避けるには、金色の風呂敷で持ち物をくるめば良いと教えられた。「一枚、お譲りしましょう」と、目の前に出された金色の風呂敷は、なんと十万円もするという。

智也に相談するまでもなく、我が家の家計ではとても無理だ。それまでにも、似たようなことが何度もあった。怪しげだと思いつつも、「幸運を呼び寄せる水」や「幸せになれる財布」を、法外な値段で買ったこともある。

「他に方法はないんでしょうか？　どないしても不幸を遠ざけたいんです」

と占い師に訴えると、眉をひそめられた。

それでも頼むと、いかにも面倒臭そうな顔つきをして、

「緑に囲まれた場所に行きなさい。温室の中の緑だと、もっとご利益がある」

と言われた。それに思い当たるところは、一か所しか思いつかない。取る物も取りあえずその足で京都府立植物園へと向かった。

最寄りの地下鉄烏丸線北山駅で降り、地上に上がってすぐのことだった。ヤサカタクシーの「四つ葉のクローバー号」が、向こうからやって来るのが見えた。ヤサカタクシーの天井灯は、三つ葉だ。それが、特別に一枚多い四つ葉の形をしている。

ヤサカタクシーは、京都市内に約千三百台のタクシーを走らせていると聞いてい

た。うち四台だけが四つ葉だという。そのタクシーに乗ると「幸運が訪れる」と言われており、「娘の結婚が決まった」とか「宝くじが当たった」という乗車した人たちからの報告が、たくさん本社に寄せられているらしい。

予約もお迎えもできない決まりで、流し専門。偶然に出逢わない限り、乗ることがかなわない。響子は、なんとしてでも乗って、幸運を手に入れたいと思っていた。

それが目の前に現れたのだ。その姿を見ただけで、運気が上がったような気がした。まだ、植物園の中には入っていないが、ひょっとしたらあの占い師の言うことは、本当に当たるのかもしれない。

あわてて手を挙げていた。しかし、反対車線なので道路を渡らなくてはならない。一瞬、横断をためらううち、向かいのカフェから出て来た初老の男性が、手を挙げて乗り込んでしまった。せっかく、目の前に「幸運」がやって来たというのに……。

そこへ、もう一台のタクシーが現れた。

個人タクシーだ。

ところが、またまた先を越された。近くに立っていたお坊さんが、先に乗り込んでしまった。それも、なぜか助手席に。今度こそ、諦めるわけにはいかない。

これは、夫と娘のためでもある。急いで駆け寄り、コンコンッと助手席のドアガラスを叩いた。お坊さんには申し訳ないが、頼んで譲ってもらおうと思った。それくらいしないと、今度いつ「四つ葉のクローバー号」に出逢えるかわからない。

するとと、助手席の窓が開き、ドライバーがこちらを向いて何か言った。でも、そばを通ったトラックの音でかき消され、聞こえない。なんという美人だろう。モデルか女優さんのようだ。とにかく、頼み込む。

「前のタクシー、追ってもらえませんか？　急いでるんです」

その熱意が通じたのか、後部ドアが開いた。

「乗ってください」

娘を抱きかかえた夫と一緒に乗り込んだ。だが、先を行く「四つ葉のクローバー号」はなかなか停車しない。どんどん料金メーターが上がっていくので、怖くなる。このままでは支払えなくなる。やむなく、山科駅が近づいた時、

「停めてください！」

と、頼んだ。こちらから無茶を言って乗せてもらったのに心苦しい。またしても、幸せは遠ざかってしまった。とぼとぼと、山科駅まで歩く道すがら、響子は智也と出逢った頃のことを思い出していた。

響子は、智也と同じ大学の同級生だった。

二人は卒業と同時に結婚した。

智也は最初、医薬品メーカーに就職する予定だった。ところが、教授に見込まれて「研究者の道を志さないか」と引き留められた。智也は悩みに悩んだ。

響子は、智也の心の内を察していた。大学院で続けたい研究があるのだ。でも、学費がかかる。智也の父親は病気で入退院を繰り返していた。母親は、看病しながら中学校の講師をしている。援助を求めることはできない。

響子は智也に言った。

「智也さんには夢をかなえてほしい。私が頑張るから」

智也は最初、頑なに拒んだ。

「博士課程が終わるまで五年だよ、五年。その後も、すぐに助手の仕事に就けるかどうかの保証もないんだ」

それでも、響子は、

「チャンスは摑まなきゃ。教授に声を掛けてもらえるなんて運がいいのよ、智也さんは」

と説得するように背中を押した。

「かんにんなぁ。少しでも早く講師、准教授になれるよう努力するさかい」

智也は申し訳なさそうに言うが、感謝と喜びの気持ちが伝わってくるような笑顔だった。この人のために頑張ろうと心に誓った。

響子は、小さな税理士事務所に就職した。経済学部で、成績も良かったから大手企業にも受かる可能性もあった。だが、智也の研究生活を支えるためには、転勤のない働き口でなければならない。税理士の資格はないが、簿記の資格を取っていたので、すぐに採用になった。

響子の友達の中には、反対する者もいた。

「今どき、夫のために自分が犠牲になって尽くすなんて、時代錯誤もええとこやわ。あんた、そないに智也さんに惚れてるん?」

その通りかもしれない。でも、智也を支えることに喜びを感じるのだ。第一、自分が犠牲になるなどと思ったことは一度もない。人はそれぞれ、生き方もさまざま。古い人間だと言われても、自分が選んだ道ならかまわないと思った。

税理士事務所の給料は高いとは言えなかった。

智也は奨学金をもらっているが、大学院の授業料は払わなければならない。案の定、生活は貧しい。

響子は暮れから翌年の六月くらいまで、猛烈に忙しい。個人の確定申告と会社の決算があるからだ。繁忙期は夜十時くらいまで働くのが当たり前だった。

一方、智也は研究室に泊まり込むことも多かった。すれ違いの日が続くこともある。そこで、日曜日のお昼はお弁当を作って、鴨川の河原で食べることにした。二人で食べるお弁当の味は格別で、「幸せ」を感じるひとときだった。

弁当を食べ終わると、響子はいつも地べたにしゃがみこんだ。四つ葉のクローバーを探すためだ。

「響子は、ほんまに四つ葉のクローバー探しの名人やなぁ」

「そうでしょ」

「どないしたら、そないにたくさん見つけられるんや」

「う～ん、なんでやろ。そんなん考えたことないわ」

実際に、そうなのだ。クローバーの広がっている地面を見つめると、四つ葉がパッと目に飛び込んでくる。一つ見つけると、その周りに次々と見つかる。だから、反対に、「見つからない」と言う人のことが理解できない。

「なんや悔しいなあ」

一緒になって四つ葉のクローバーを探すのに、智也は見つけられないのだ。

「大丈夫よ、智也さんの分の幸せまで、私が見つけてあげるから」

「おおきに。四つ葉のクローバー探しは響子に任せるよ」

響子は、「二人で幸せになりたい！」という一心から黙々と探した。

大学院を修了すると、智也はすぐに教授の助手になった。

それでようやく、貧しい生活から逃れることができた。

その五年後、娘を授かった。珠美と名付けた。ちょうどその頃、智也も講師の職に就くことができた。収入も格段に良くなる。それを機に、響子は税理士事務所を辞めて、子育てに専念することにした。

苦節十年。長い長い冬を通り抜け、ようやく幸せが訪れたのだ。住まいも少し広めの、日当たりの良いマンションに引っ越した。

しかし……古来、人は言う。

月に叢雲、花に風と。良いことは、それほど長続きしなかった。

「あと五年も頑張ったら、次は准教授に推薦してやるからな」と言ってくれていた教授が、突然、退官してしまう。学長選挙を巡っての派閥争いに巻き込まれてのことだった。学内では、智也が教授の子飼いの講師だということは誰もが知っている。その煽りを受けて、智也も職を失った。

また振り出しに戻った。

いや、幼子を抱えているので、二人が我慢すればいいという訳にはいかない。災いはそれだけでは終わらなかった。

響子の父親が脳梗塞で倒れた。幸い、命はとりとめたが左半身に障害が残った。故郷の丹後では、自らも病気がちの母親が一人で介護をしている。「時々でいいから、手伝いに来て」と言われるが、交通費を捻出するのさえままならない。

もといた税理士事務所に復職を願い出たが、既に正社員の補充がなされていた。「アルバイトなら」と言われ落胆したが、それでも生活が逼迫しているので勤めることにした。収入は、以前の半分ほどだ。

もちろん、住まいも家賃の安い所へ引っ越した。日当たりは最悪だった。雨漏りがするので、大家さんに修理を頼んだがなかなか来てくれない。

そんな中、父親の介護に疲れた母親が、深夜に電話をしてくるようになった。頻繁に帰れない分、せめて愚痴だけでも聞いてあげようと思う。だが、

「お父さんたら、世話をしてあげているのに、ちょっと不満があると怒鳴るのよ。もう耐えられない」

などと、毎晩のように暗い話を聞かされると気が滅入ってくる。

智也は学習塾で講師のアルバイトをこなしながら、伝手をたどって別の大学への就職活動を続けていた。しかし、なかなか実らない。

まだある。

洗濯物にハトがフンをして汚された。

他の部屋からいつも夫婦喧嘩の声が聞こえる。

冷蔵庫が壊れて、作り置きの食べ物が全部ダメになった……。

もう悪いことばかりだ。

毎日のようにお寺や神社に祈願している。もっとも、お賽銭は一円だ。それでは神様も願いをかなえてくれないかもしれない。


山科駅の手前で、タクシーを降りた。

その際、「四つ葉のクローバー号」に乗るために追い掛けてもらったのだと話したら、ドライバーの女性と助手席のお坊さんに、怪訝な顔をされた。

あの二人にはわからないのだ。どれほど私たち家族が、不運続きで辛い目に遭っているか。幸せな人には、不幸な人の気持ちはわからないのだ。そう思うと、悔しくてたまらない。

ようやくたどり着いた山科駅のホームに電車が滑り込んで来た。

響子は、智也から珠美を受け取り、抱きかかえた。

「かんにんしてや。こないな不幸な母親で。かんにんしてな」

「あ〜あ〜」

「ママでちゅよ。ママ、ママよ〜」

「あ〜あ〜」

「ママ、ママよ〜」

珠美に何度も話し掛けるが、返ってくるのは「あ〜」ばかり。

響子は涙を拭（ぬぐ）い、電車に乗り込んだ。


妻の響子には、いくら感謝しても感謝しきれない。

大学院で研究をする間、ずっと働いて家計を支えてくれたからだ。それだけではない。修了までの学費まで負担してもらった。

そのため、ずっと貧しい生活をしてきた。

それでも、響子は愚痴一つ言わなかった。それどころか、研究が迷路に迷い込むと、落ち込む智也を「大丈夫、きっと智也さんならできるわ」と、満面（まんめん）の笑顔で励ましてくれた。

大学院の友達には、よく言われたものだ。

「夫のために身を粉（こ）にして尽くす、そないな健気（けなげ）な奥さんがまさか今どきこんな近くにいるとは思わへんかったで。まるで昭和のテレビドラマみたいや。大切にせなあかんでぇ」

響子が支えてくれたおかげで、助手になることができた。可愛がってくれている教授には、次は講師だと言われた。

娘も生まれた。

そして念願の講師になり、ようやく安定した生活が送れるようになった。

しかし、そんな平穏な日々は、長くは続かなかった。青天の霹靂とはこういうことを言うに違いない。突然、大学を辞めなければならなくなってしまったのだ。響子は、「また私が頑張るから」と言い、一度辞めた仕事に復帰してくれた。本当に苦労のかけ通しで申し訳ないと思っている。

その響子の様子が、このところおかしい。神社やお寺に、ひんぱんにお参りに出かけるようになった。信心することが悪いとは思わない。だが、度が過ぎるのだ。預金通帳の残高は、どんどん減るばかりなのに、お守りばかり賜ってくる。家の中や響子のバッグには、おそらく五十個はあるだろう。お守りの初穂料もばかにならない。

それだけではない。

最近は占いに凝るようになった。雑誌やネットを見るだけではない。友達から「当たる」と噂を聞くと、その占い師のところに占ってもらいに行くのだ。占いの料金はかなり高い。中には、法外な値段のネックレスや壺を売り付けられるケースもあると耳にしたので、智也は一緒に付いて行くようにしている。もちろん、そんな懸念を抱いていることは響子には内緒だ。

響子には、ジンクスが山ほどある。

出かける時には、いったん最寄り駅とは反対の方向へ歩いてから、引き返す。たまたま郵便局へ用事があり、遠回りして駅に行った日に、智也が助手になることが決まったという連絡があったことがきっかけだという。

傘は、少し破れているが、「縁起がいい傘なのよ」と買い替えない。

母親から愚痴の電話がかかってきたときは、悪い「気」が移らないようにと神社のお守りを手に握り締めて話を聴いている。

「不幸だ」「運がない」「幸せになりたい」……響子は、日に何度もこう口にする。

それだけならまだしも、

「私のどこがいけないんだろう」

「今まで、方位に気を配らなかったせいかもしれない」

などど、自分を責めるのだ。ノイローゼなのではないかと心配になる。

いや、すでにお客さんが乗り込んだタクシーを呼び止め、「前のタクシーを追いかけて」と頼み込むなど、とても尋常とは思えない。病院で診てもらった方がいいのではないか。しかし、「心療内科へ行ってみよう」とは、なかなか言い出せない。響子をそうさせてしまった原因が、智也の退職にあることは明白だからだ。

智也も必死に努力していた。

大学の同期の友人から、大阪の私立大学で講師の職に空(あ)きが出たと教えてもらった。早速、新しく書き上げた論文を添えて、エントリーした。面接も既に終えている。応募者が相当多い様子なので、かなり難しいとは思うが、結果を祈るばかりだ。


今日は、結局、響子の望む四つ葉のクローバー号には乗ることができなかった。かなり、落胆しているみたいだ。

「ママでちゅよ～」

「ママ、ママよ～」

何度も何度も、珠美に話し掛ける響子を見ていると、胸が苦しくなる。

家に帰ったら、珠美を連れて近くの公園に出かけようと思った。少しの間でも、響子をゆっくり休ませてあげるために。


美都子は、みんなの笑顔を見て、幸せな気分になった。

「いや～美味しかったなぁ。最後の杏仁豆腐（あんにんどうふ）はトロ～リとしてて絶品、さすが本格北京（ペキン）料理店の杏仁や」

そう大声で言うのは、建仁寺の塔頭で、満福院住職・隠源（いんげん）だ。

「杏仁杏仁て、そないに大声で言わんでも。恥ずかしおす、離れて歩きまひょ」

美都子の母親のもも吉（きち）が、みんなの先頭に立って歩いて行く。

もも吉は、祇園で生まれて祇園で育った。十五でお店出しをして舞妓（まいこ）に、二十歳（はたち）で芸妓（げいこ）となった。その後、母親が急逝してお茶屋を継ぎ女将（おかみ）になったが、今は、故（ゆえ）あって甘味処に衣替えをしている。唯一（ゆいいつ）のメニューは麩（ふ）もちぜんざい。花街の人々は、これを目当てに……というよりも、密（ひそ）かにもも吉に悩み事を聞いてもらいにやって来る。

「なんで美味しいもん食べて、美味しい言うたらあかんのや」

隠源は、よほど気分がよかったのか昼間から紹興酒（しょうこうしゅ）を飲み過ぎたらしい。

「さあ、帰りますえ。血糖値が高いのに、そんなにお酒を飲んで、あんただけ麩もちぜんざいなしや」

「そんな、殺生（せっしょう）な～」

美都子は今年、みんな揃（そろ）って花見に出かける機会を失っていた。

長年の恋が終りを告げ、お花見どころではなくなっていたのだ。その代わり、周りの気遣いもあり、ゴールデンウイーク初日の昼間、東華菜館（とうかさいかん）で食事会を開いたのだ。東華菜館は、四条大橋の袂（たもと）にそびえるレトロなビルだ。上階へは現役で日本最古のエレベーターで移動する。鴨川をはさんだ東側に構える「南座（みなみざ）」とともに京都のランドマークになっている。

メンバーは、もも吉庵（きちあん）に集うお馴染みさんだ。隠源・隠善親子、屋形（やかた）の琴子（ことこ）に新聞記者の大沼勇（おおぬまいさむ）と娘の小鈴（こすず）、総合病院の高倉（たかくら）院長……などなど。総勢二十名ほどが集まった。

通りへと出て、一同はそこで散会した。

美都子は、もも吉や隠源・隠善親子とともに、四条大橋を祇園の方へとぶらぶらと渡っていく。川面（かわも）の照り返しは強く、初夏を思わせる。

隠善が橋の欄干（らんかん）から川岸（かわぎし）を見下ろし、声を上げた。

「なあなあ、美都子お姉ちゃん。あの女の人、何してはるんやろ。何か落とし物でも探してはるんやろか」

美都子も欄干に手を掛けて、隠善の指さす方を見た。女性が下を向き、川岸のあちらこちらと場所を移動しては、そこでしゃがみ込む。おや？　……そのすぐ近くに、赤ちゃん抱いた男の人が立っている。その顔に見覚えがあった。

「あの家族って？」

隠善が先に言う。

「そうや、美都子お姉ちゃんのタクシーに乗り込んで来た人らや」

すると、もも吉も近づいて来て、見下ろした。

「おやおや、何やあの女の人、必死な様子に見えまへんか？」

そう言われて、美都子も目を凝らす。

「ほんまや」

美都子は、少々、後悔していた。あのとき、せめて最寄りの山科駅まで送ってあげればよかったと。あまりにも妙な出来事だったので、帰宅するなり母親のもも吉に報告した。

すると、一言ぽつり。

「なんや深い事情がおありのようどすなぁ」

美都子も、きっと訳があるに違いないと思った。「もっと親身になって話を聴いてあげたらよかった」と反省していた。その家族が、今度は眼前に現れたのである。隠善が言う。

「美都子お姉ちゃん。女の人、泣き出さはった」

両手を顔に当て、何か叫んでいるようだ。

「合縁奇縁（あいえんきえん）言います。行って話を聴いてあげなはれ。何かあったら、もも吉庵にお連れしたらよろし」

「へえ、お母さん」

美都子は、急ぎ信号を渡って河原に駆け下りた。

「僕も行くわ」

と、隠善もあとから付いて来た。


（ない、ない……見つからへん）

響子は、そんなはずはないと、血眼（ちまなこ）になって地べたに這（は）いつくばるようにして探していた。そう、四つ葉のクローバーを。時計を見ると、もう一時間近くも経っていた。夫の智也が、娘の珠美をあやしながら、心配そうに言う。

「響子、もう帰ろうよ、珠美もぐずり始めたさかい。また来ればいいよ」

「はいはい、待たせて、ごめんね。ママでちゅよ～」

「あ～あ～」

「ママよ～あと十分だけ探させてね～珠美」

智也は、「仕方ないなあ」という顔をして、

「ちょっと日差しが辛（つら）いから、日陰（ひかげ）で珠美と待ってるよ」

と言い、四条大橋の下へと移動した。

最近、智也が大学を辞めてから、家にいる時間が増えた。論文を書くため、家にいて珠美を見てくれていることが多い。今日からゴールデンウイーク。世間では旅行やイベントにと浮かれているが、我が家の家計ではそんな余裕はない。

「三人で散歩に出かけないか？」

横文字の専門雑誌と睨めっこしていた智也が、突然に言い出した。

「珠美にも外の空気、吸わせたいし」

響子には、智也が気遣ってくれるのが、痛いほど伝わってきた。

このところ、ずっと気が塞いでいる。どうしたら「運気」を上げられるか、そればかり考えている。「不幸は行列を作ってやって来る」と聞いたことがある。一度、不幸な目に遭うと、次々と不幸なことが続く。負のスパイラルに陥ってしまい、なかなか抜け出せないというのだ。どうしたら、そこから抜け出せるのか、響子にとっては、もう神頼みか奇跡を信じるしかない。

アパートから鴨川まで出た。

五条大橋から川岸へと降りて、ぶらぶらと歩く。

ジョギングや散歩する人たちと、次々とすれ違う。

あちこちに、タンポポやハルジオンが花を咲かせている。

響子は、結婚してからこのかた十年のことを思い出して言った。

「うちら、ディズニーランドとかＵＳＪにも行ったことあらへんね」

「ああ、ごめん。僕のせいや」

智也が真顔（まがお）で頭を下げる。

「ううん、そうやないんよ。その代わり、結婚した頃はよくお弁当を作ってこの辺りで食べたなぁ思うてなぁ」

「そうやったなあ～」

「ねえねえ、四つ葉のクローバー探さへん？」

と響子が言うと、智也は、

「懐（なつ）かしいねえ」

と答えた。この前、ヤサカタクシーの「四つ葉のクローバー号」に乗りそこなった。そのリベンジだ。幸運がほしい。もうこんな暮らしは嫌だ。

「僕は探すのが下手（へた）だから、響子に任せるよ。珠美と見てるから」

「珠美～、ママ、あっという間に見つけるからねぇ、見ててねぇ」

「あ～あ～」

響子は珠美をあやしつつ腰を低くして、河岸を舐（な）めるように見つめながら歩いた。

黙々と探す。でも、いっこうに見つからない。昔は、ものの三分もすれば見つけることができたのに。五条から西側の河岸を川上へととぼとぼと上がり、松原橋をくぐり、団栗橋まで来てしまった。

「見つからへん……なんでやの？ 見つからへん。そないな訳ない」

子どもの頃から、四つ葉のクローバーを探すのは名人と言われていた。なのに、どうしたことだろう。やっぱり、運の神様に見放されてしまったのだろうか。

ついには、四条大橋の袂まで来てしまった。

対岸には南座が、背には東華菜館がそびえている。昔、この辺りで十本くらい、いっぺんに四つ葉のクローバーを見つけたことがある。響子にとっては、幸運をもたらしてくれる聖地のような場所なのだ。ところが、……そのクローバーすら生えていない。

「もう帰ろうよ、響子」

「もう少し、もう少しだけ探させて。できたら、三条の方まで上がって……」

智也を振り向きもせず、響子は探し続けた。ひょっとして、幸せが私たち二人から逃げてしまったのか。神様にも仏様にも見放されたというのか。

響子は心が折れた。

しゃがんだまま、両手を顔に当てて叫んだ。

「あ～なんでやの～！　なんでなんで、見つからへんの～！」

通り過ぎるカップルが驚いて立ちどまった。智也がおろおろするのがわかった。

ぐずっていた珠美も、とうとう泣き出してしまった。


「あの～大丈夫ですか？」

響子は、その声の主の顔を見上げた。

見覚えのある綺麗な女性が立っていた。後ろに立っている男の人も、

「ご気分悪いんやないですか？」

と声を掛けてくれた。その格好が法衣だったことから思い出した。そうだ、つい先日のタクシードライバーの女性とお客さんだ。

「ここで会うたのも、神様のご加護や思います。もしよろしかったら、甘いもんご馳走させていただけませんか。いえ、先日、途中でタクシー降ろしてしもうたお詫びどす。すぐ近くやさかい、一緒に来ておくれやす」

「え？」

（「お詫びどす」って、無理を言ったのは、こっちの方なのに……）

「赤ちゃんも泣いてはるし、ぜひ」

「響子、ご厚意に甘えさせてもらおうよ。珠美のおむつも替えてやりたいし」

「うちは、美都子言います。こちらは、すぐそこの満福院の副住職の隠善さんや」

「美都子お姉ちゃんは、夜は祇園甲部で芸妓してはるんや」

「芸妓さん？」

「へえ、もも也いう名前でお座敷に上がらせてもろうてます」

そのやさしい瞳に見つめられ、心が和んだ。響子は、まだ返事もしていないが、

「どうぞ、ついて来ておくれやす」

という言葉に、惹かれるように足が勝手に動いていた。


いったい、どこへ連れて行かれるのだろう。

河岸から四条通に上がり、八坂神社の方へと向かった。美都子は、ときどき後ろを振り返りつつも、どんどん歩いて行く。有名な赤い紅殻色の壁のお茶屋「一力亭」を右へ曲がって花見小路を下がる。京都に住んではいても、めったに訪れない所だ。左へ右へと細い路地を曲がると、観光客の雑踏が嘘のように消えた。

「あ、三味線や」

智也が、そう口にした。どこからか、その音色が聞こえてくる。

　美都子が振り向いて答える。

「このへんは屋形が多いさかい、舞妓さん、芸妓さんがお稽古してはるんや。あっ、屋形いうんは、舞妓さんらを育ててお茶屋さんに派遣している置屋さんのことどす」

　看板も暖簾もない一軒の町家の前で立ち止まった。格子戸を引いて開ける。そこには、打ち水がなされてしっとりと光る飛び石が、奥へ奥へと連なっていた。美都子は先に進んでいくが、響子は臆して立ち止まってしまった。

「どうぞ、中へ」

　と、隠善の言葉に背中を押され、恐る恐る足を踏み入れた。美都子のあとに従い、上がり框を上がる。襖を開けると、店内はL字のカウンターに丸椅子が六つのみ。角の席には、猫が丸まって眠っている。アメリカンショートヘアーのようだ。

「ようおこしやす」

　と、カウンターの向こうに正座する女性に出迎えられた。

「うちは、もも吉言います。この娘の母親で、このもも吉庵の女将してます」

　藤色の亀甲地紋の着物に、帯は白地で柳にツバメ。それに緑の帯締めと、爽やかな趣を醸し出している。

「はじめまして、近藤智也です。それから妻の響子と娘の珠美です」

と、智也が珠美を抱えたままお辞儀をする。慌てて、響子も頭を下げた。

「こっちの端に座ってるんが、隠善の父親の隠源さんや」

と、もも吉に紹介された。

「満福院で住職してます、どうぞよろしゅう」

「臨済宗では相当偉い坊さんらしいんや。普段は先斗町で遊んでばかりやのに」

「ばあさん、それは余計や」

「誰がばあさんやて、じいさん」

二人の滑稽なやりとりに、笑っていいのか戸惑った。

「まあまあ、お嬢ちゃん、可愛らしいこと。おや、泣いてはるねぇ」

猫が、

「ミャア〜ウ」

と、欠伸のようにひと鳴きした。そして、ピョンとカウンターに飛び乗る。そのまま智也の方まで行き、「ミ〜ウ、ミ〜ウ」とやさし気な声を出した。

「あらあら、赤ちゃん、あやしてるんかいな。この娘、おジャコ言いますんや。ときどき人間の言葉がわかってるような素振りをしますんや」

「賢いんですね」

「珠美ちゃん、おむつが濡れてるんやないですか。奥の部屋に上がって替えてあげてください」

響子は、もも吉の厚意に甘え、三人で奥へと上がらせてもらった。

響子たちが戻って来てカウンターに座ると、もも吉がお盆を手にして現れた。

「さあさあ、うちの拵えた麩もちぜんざいや。召し上がっておくれやす」

智也と目を合わせる。

「いただこう、響子」

目の前に置かれた清水焼の茶碗のふたを取ると、ふわぁ～と小豆の匂いが鼻孔を貫いた。よほど疲れていたのだろう。身体が甘い物を欲している。我慢できなくなり、木匙を取って口に含んだ。

「美味しい～」

自分でも、頬が緩むのがわかった。隠源が声を上げた。

「ええなあ～ええなあ～、わてはこういう趣向は大好きや。お昼に東華菜館で食事したあとやさかい、中華風麩もちぜんざいにしたんやな」

「そうどす。響子さん、智也さん、いかがどすか」

ぜんざいの中に、オレンジ色の何かが見え隠れてしていたので、木匙で掬ってみると、それは干しアンズだった。その他にも、黒ゴマを練った麩もちとクルミが入っている。響子は、僅かながらも心の中に幸せが沁みていくような気がした。

「珠美も食べまちゅか～お汁だけでもあげるねぇ」

小豆の粒をよけて、木匙にぜんざいの汁だけを掬い珠美の口元に運んだ。

「ママでちゅよ～ママよ～、いただきましょうねぇ」

「あ～あ～」

「いいでちゅか～お口あ～んしてね。ママよ、ママが食べさせてあげるからね」

「あ～」

「ママよ～ママ～」

すっかり機嫌が直ったらしく、珠美は一口含むと愛嬌を振りまくように笑った。

隠源和尚が、神妙な顔で話しかけてきた。

「このばあさんはなぁ、若い頃ずいぶん苦労しはってなあ。それでもこの歳まで乗り切ってきたんや。そのせいか、花街だけやのうて、あちこちから悩み事の相談に大勢やってくる。それもこっそりなぁ。中には有名な野球の監督や芸能人もいてはる。話を聴いてやって、アドバイスするんや。一言で言うと、おせっかいやな」

「なんやの、おせっかいて」

もも吉が、隠源を睨んだ。

「響子さん言いましたな。なんや思い詰めてることがあるんやないですか？　もも吉に聞いてもらったらどないやろう」

もも吉がやさしく微笑んで言う。

「もし差し支えなかったら、お話聞きまひょか」

不思議だった。不快なおせっかいではない。親身になって心配してくれているのが、その瞳と口調から心の奥まで伝わってくる。

「智也さん、うちらの話してもええかな」

「うん」

響子は、背筋を正し、

「十年も前に遡りますさかのぼ」

と、心の内を話すことにした。

智也が大学院で博士号を取るため、響子が税理士事務所で働いて、智也を支えたこと。その苦労の甲斐かいあり、智也が助手の仕事に就けたこと。五年後、講師になり、珠美が生まれて、響子が税理士事務所を辞めた矢先、目を掛けてくれていた教授が、派閥の争いに巻き込まれて退官してしまったこと。そして、その煽りを受けて、智也も職を失ったこと。

それだけではなく、響子の父親が脳梗塞で倒れ、毎晩のように母親が、父親の看病疲れから愚痴の電話をかけてくることなど……。

「まだ不幸やと思うことが、たくさんあるんです。洗濯物にハトがフンをして汚されたし、他の部屋からいつも夫婦喧嘩の声が聞こえてうるさいし、冷蔵庫が壊れて、作り置きの食べ物が全部ダメになってしまうし……。歩いて行けるところのお寺や神社は、ほとんど祈願し尽くしました」

「まあまあ、そないに。辛い目ぇに遭わはったんやなぁ」

「はい。何かに頼りたかったんです。ただただすがりたかった。そんな中、思い出したのが四つ葉のクローバーやったんです」

じっと話に耳を傾けていた美都子が、同情を含んだ瞳で声を掛けた。

「それで、必死になって四つ葉のクローバーを探してはったんやね」

「はい……」

初めは同情するような顔つきだったもも吉が、いつしか、眉をひそめて不快そうな眼になっていることに響子は、気付いた。

「うちもよう神さん仏さんにお参りに行きます。お守りもぎょうさん持ってます。そやけど、そんなんで願いがかなうとは思うてまへん」

「え⁉」

その時だった。もも吉は一つ溜息をついたかと思うと、裾の乱れを整えて座り直す。背筋がスーッと伸びた。帯から扇を抜いたかと思うと、小膝をポンッと打った。ほんの小さな動作だったが、まるで歌舞伎役者が見得を切るように見えた。

「あんさん、間違うてます」

「え？」

店内は一瞬にして水を打ったような静けさになった。

「神頼みする前に、やることがあります。しんどいと思う時ほど、不幸やて思う時ほど、笑うんや」

「笑う？」

「そうや、笑いなはれ」

「他人事やから、もも吉さんは言えるんです！　幸せでもない、楽しくもないのに笑えるはずがないやないですか!!　今朝だって、悪い知らせが届いたんです。智也さんが採用試験受けた大学から、不採用の通知が届いて……あんなに一生懸命に書いた論文が認められないやなんて。智也さんの友達の紹介やったから、ひょっとしてと、期待してた私がバカでした。そんな日に、笑える訳がないやないですか！」

「え⁉　響子、大阪の大学、あかんかったんか」

と、智也が響子の顔を見た。

「かんにん、智也さん。ショックやろう思うて言えへんかった」

遥か年上の人に対して、「他人事やから」などという物言いは失礼だと承知していた。それでも「不幸な時ほど笑え」などと、あまりにも理不尽ではないか。響子は唇を尖らせ、もも吉に対する憤懣を露わにした。

――不幸な時ほど笑いなさい――

それは、古来から人を励ます時に、しばしば言われていることだ。辛いこと、苦しいことがあると、自ずと顔も暗くなる。そんな時ほど、笑顔を作って福を呼び込もうという教えだ。まさしく今の響子に必要なことだと思った。しかし、響子は感情的になって反発した。ひょっとして……。美都子が、思い切って尋ねた。

「響子さん、なんや他にも大きな悩みを抱えてるんと違いますか？」

「え⁉」

響子は、顔色を変えて美都子の方を見る。

眼と眼が合い、見つめ合って数秒が経った。

「うち、ずっと気になってたんどす。珠美ちゃんのことで何か悩んではるんと違いますか？」

響子の表情が一変した。当たったようだ。おもむろに、響子が口を開いた。

「実は、珠美、言葉が遅いんです」

「遅いて、珠美ちゃんいくつにならはるの？」

「もうすぐ二歳です。友達の子は、一歳の誕生日に『ママ』って呼んだそうです。その後、すぐに『ワンワン』とか『マンマ』とかしゃべって。なのに、珠美は……」

ずっと黙っていた智也が、響子の言葉を継いで言う。

「小児科の先生にも相談したんです。すると、たしかに遅いけど、人の成長はそれぞれや。あんまり気にせず、『ママ』『パパ』て言う日を楽しみにしていてください、て言われました。でも、占い師に『ご先祖が悪行を働いた報いが、この子に出てる』て言われて、以来、響子は……」

隠源が、眼を見開き声高に言う。

「なんやて、どこの占い師や！　けしからん」

美都子は、響子の肩にそっと手を置く。

「たしかに、そないな風に脅されたら、笑おう思うても笑われへんわよねぇ」

「はい……」

響子の瞳が潤んで今にも泣き出しそうである。

「あのね、響子さん。うち、実はね、つい最近死んでしまいたいくらい悲しいことがあったんよ」

「え⁉　死んでしまいたいくらい……ですか？」

「美都子お姉ちゃん……」

隠善が、心配そうな眼を向ける。

「聞いてくれるか、響子さん」

「はい」

「十年以上も恋焦がれたお方との恋が終わってしもうたんや」

「じゅ、十年ですって⁉」

「もうどないしたらええか、わからへん。タクシーの仕事もお座敷の仕事も何も手につかへん。ただ、毎日、毎日、鴨川のほとりで水面を見つめてた」

「ごめんなさい……そんなことが」

「そやけどね、お母さんの言う通りなんよ。辛い時こそ、笑わんとあかんの。笑えなくても、笑うの。なんでかわからはる？」

「……」

響子は、黙って首を横に振る。

「禍福は糾える縄の如し、ていう言葉がありますやろ」

「はい、知ってます」

「人生のうちには、ええことも、ようないこともいろいろある。ええことばかりは続かへん。そやけどなぁ、悪いことばかりも続かへんのや。いや、確かに不幸が続くこともある。それでもなぁ、そんな時こそ、笑うんや。もしもや、もしもやで」

「はい」

「幸せ運んで来はる神様が目の前に立たはった時、しかめっ面(つら)してたり、悲しい顔して泣いてたらどない思わはると思います？『こないな暗い顔の人のところには居(い)たないわ』て、帰っていかはるんやないやろか。笑顔いうんは、幸せの神様(かみさん)をお迎えする準備なんやないかて思いますんや」

「幸せの神様をお迎えする……準備」

「うちもなぁ、ほんまに辛い、苦しい。恋を失うと、なかなか傷が治(なお)らへん。そやけど、うちは決めたんどす。このあと、きっと、ええことがある。そう信じようてなあ。どうやろ、響子さんも一緒に信じてみまへんか？　明日は、きっとええことがあるて。一緒にとびきりの笑顔で幸せの神様お迎えしまひょ」

響子は美都子に向かって、元気に言った。

「はい、信じます。珠美のためにも、智也さんのためにも」

黙って聴いていたもも吉が、微笑んで言う。

「美都子、うちより話が上手になったんと違うか？　うちの代わりにもも吉庵の女将をしたらどないや」

「イケズ言わんといて、お母さん」

隠源が、嬉しそうに言う。

「ばあさんはもう隠居やな」

「じいさん、調子に乗るんやない！」

もも吉庵は、笑いにつつまれた。

響子も、智也も一緒に笑った。そして珠美ちゃんは智也の腕の中でスヤスヤ眠っている。もも吉が言う。

「それやそれ、響子さん。ええ笑顔してるで」

「うん、響子。ステキな笑顔や。僕は大学ん時、君のその笑顔に魅かれたんや」

智也の言葉に、響子は自分の頬が、ポッと紅らむのがわかった。

もも吉庵に、すっかり長居してしまった。別に、今の状況が何一つ解決したわけではない。それでも響子は、心がかなり軽くなったような気がした。

帰ろうとして立ち上がった時、めまいがしてよろめいた。危うく美都子が支えてくれたので、倒れることはなかった。頭が重い。河原に長くいたので、身体に熱が籠もったのかもしれない。冷たいお水をもらって飲み干すと、しばらくして気分はかなり良くなった。

「お疲れにならはったんやろ。美都子、車で送って差し上げなはれ」

と、もも吉が気遣ってくれた。

「へえ、お母さん。そうします」

「僕も一緒に行くわ。智也さんは珠美ちゃん抱っこせなあかんし、もし何かあった時、僕なんかでも役に立てるかもしれへん」

アパートに帰ると、響子はみんなの勧めで少し布団で休ませてもらうことにした。よほど疲れていたのだろう。横になるだけのつもりが、知らぬ間に寝落ちしていた。どれほど眠ったろう。すでに窓の外は真っ暗だ。

慌てて飛び起き、居間へ行くと智也の姿が見えない。美都子と隠善が、珠美の世話をしてくれている。

「あっ、ご気分はどうどす？」

美都子が心配顔で尋ねてくれた。

「私ったら、ぐっすり眠ってしまって。珠美を見ていていただき、ありがとうございました。あの〜智也さんは？」

隠善が答える。

「ああ、何や探し物があるから言うて、物置へ行かはりました。もうずいぶんになるけど、まだ帰って来はらへんですね。珠美ちゃんは、ご覧の通り、すやすや眠ってます」

「そうでしたか。学術資料がたくさんあるんですが、こないに狭い部屋やさかい置き場所がなくて……。大家さんのご好意で、アパートの脇の物置に保管させてもろうてるんです。論文書いてて、『あ〜どっかに資料があったなぁ』と、よく探しに行くんですよ。夜だと、真っ暗やから懐中電灯持ってたいへんなんです」

　そこへ、勢いよくドアが開き、智也が戻って来た。

「あっ、起きたんやね。もう気分ええんか？」

「うん、もう大丈夫やわ。資料見つかったん？」

　智也は手に、分厚いハードカバーの洋書を持っている。グレーの装丁だが、かなり黄ばんでいる。ずいぶん古い物のようだ。

「これこれ、ようやく見つけたよ」

　微笑んで、その本を響子に差し出した。

「なんやの？」

「開いてみてよ」

　本を受け取り、言われるままに表紙を開けてハッとした。そこには、薄茶色になった葉っぱが挟まっていた。四つ葉のクローバーだ。

「これ、覚えてる?」

「え? ……」

「響子がくれたんやで。僕が大学院の試験に臨む前、響子が探してきてプレゼントしてくれたんや」

そう言われて思い出した。たしか、今日、探し歩いた河岸で見つけたはずだ。

「響子は、ずっと四つ葉のクローバーを探してくれたけど、こないなところにあったんやね。わざわざ探しに行かへんでも、こないな身近に。それでね、こんなものも一緒に挟まってたんだ」

智也が、栞(しおり)を差し出す。いや、栞かと思った物は、一筆箋(いっぴつせん)だった。そこに書いてある青いインクの文字は、響子自身のものだ。

> 幸せになりましょう。
> 小さくてもいいから、幸せな家庭を作りましょうね
>
> 響子

響子はハッとした。

「智也さん、うち、忘れてた……」

智也が言う。

「僕はなあ、お金はなくても、幸せやと思うんや。響子は『不幸や不幸や』て言うけど、僕はちっとも不幸やなんて思うてへん。そりゃ、職を失ってしまい、また貧乏に逆戻りしてしまったのは僕のせいや。そやからこんなこと、なかなか言い出せへんかったけど、響子がいて、珠美がいて、三人が健康に暮らせているだけで、もう十分に幸せやて思うんや」

響子は思った。

（幸せは、すぐ近くにあった。

そうだ、探しに行かへんでも、こんな近くに四つ葉のクローバーがあったんや！　身近にある幸せを忘れていた。いや、そうではない。ずっと幸せなのに、感謝が足らんくて気づかへんかっただけなんや）

智也が響子の瞳を見つめて、言う。

「ええ笑顔してるよ。さっきまでと別人みたいや」

「うち、笑うこと忘れてた気がする。不幸や不幸やて思うてるから、笑えへんかった。そやけど、自分が幸せなんやて思うたら、自然に頬が緩んできたの」

「あっ、かんにん。電話や」

智也がポケットのスマホを手にする。

「橘や」

今回の講師採用の情報を教えてくれたのが橘真治だった。智也と響子と同じ大学の同期である。教養課程で二年間、同じクラスだった。よく三人で、カラオケに行ったり智也のアパートで朝までおしゃべりしたものだ。大学院の修士課程を修了後、大手の化学薬品メーカーに就職した。

「橘が、奥さん元気かて言うてる」

智也がスマホの設定をスピーカーに切り替えた。響子が答える。

「こんにちは、橘君」

「元気そうな声やなぁ。二人とも食うや食わずで倒れてるんやないか思うて、心配して電話したんや」

「おおきに、貧乏してるけど、なぜか最近お腹が出てきたんや」

と言う智也に、橘が、

「そりゃ、ただの運動不足やろ。ところで、この前紹介した大阪工科大学の講師採用試験の結果、どないやった?」

と訊いてきた。智也は、ショックからもう立ち直っているのか、平静を保って返事をする。

「すまん。あかんかった。せっかくお前に紹介してもろうたのに、俺の努力不足や」

「そうか！　落ちたんか‼　よかった〜」

　橘はよく冗談を言う。しかし、これは度を過ぎているのではないか。響子は、ムッとして言い返した。

「橘君、なんやのデリカシーのない」

「かんにんかんにん、響子ちゃん」

　知らぬ間に、「奥さん」が「響子ちゃん」になっている。

「それがなあ〜、もし受かってたら、そっちは知り合いの教授の伝手やさかい断る訳にはいかんし、困ったなあて思うてたんや」

「どういうことや、橘」

「あのな、うちの会社で、難病治療の薬を開発するためのプロジェクトが正式に動き出してな。それで開発研究所を立ち上げることになったんや。俺はそこの準備委員や。それで、お前を部門リーダーに推薦しよう思うてるんや。まず上司にノー言われることはない。大学のセンセと違う(ちご)て、授業とかせんでもええから、毎日好きな研究一本やで。どうや、やる気あるか？　いや、やらんとは言わせへんで」

「智也さん……」

　響子は、気づくと智也の手を握(にぎ)っていた。

「おおきに、おおきに、橘」

「なんや水臭い。ただ、お礼は高うつくでぇ。出町ふたばの豆餅十個、買うて来てや」

「お安い御用や」

「橘君、ありがとう」

そこへ、隣の居間から美都子がやって来た。

「電話、聞こえてしまいました。研究所にご就職やそうで、おめでとうございます」

「おおきに。いろいろご迷惑かけてごめんなさい」

「ほんまよかったですね。ところで、珠美ちゃんが、お目ざめですよ」

大声を出したので、起きてしまったのかもしれない。

隠善が、ベビーベッドを覗き込んで話し掛けている。

「珠美ちゃん、目が覚めたんやね。あっ、笑った笑った。可愛らしいなあ」

「すみません、すっかりお世話かけました」

そう言い、響子は珠美をベッドから抱きかかえた。

「お腹空きまちたか~。いい子にして寝てまちたね~」

「う~う~ママ」

「え？」

響子は、聞き間違いではないかと思った。たしか、たしか……今、「ママ」と呼んでくれたような。美都子が、声を上げた。

「響子さん、今、珠美ちゃんが……」

「うん、ママって言うた。ママって言うたよね」

「僕も聞いたよ、たしかにママって言うた」

智也が駆け寄り、珠美と響子の顔を交互に見つめる。

「ママ」

「あっ！ またしゃべった」

「ママでちゅよ～」

「ママ、ママ」

珠美は、みんなに顔を覗かれ笑顔を振りまいている。珠美を抱きかかえる響子の肩に、智也がそっと両手を置いた。響子の瞳から、涙が頬を伝う。

「ママ、ママ」

美都子も隠善も、一緒に泣いてくれている。

「よかった、よかった。よかったねぇ」

禍福は糾える縄の如しだ。響子は心に誓った。幸福の神様をいつでも迎えられるよう、これからはどんなに辛いことがあっても、笑顔を忘れないようにしようと。

美都子は、響子の笑顔を見て、ハッとした。

笑顔を忘れていたのは、自分自身だったのではないか。

藤田との恋が終わったとたん、笑顔どころか何もする気力が失せていた。禍福は糾える縄の如し。このままでは、ええことをもたらす神様も近寄ってくれはしないだろう。

智也と響子、そして珠美ちゃんに生きる力をもらったような気がした。

心の中で、そっと呟いた。

(子どもってええなあ。家族ってええなあ)

第二話　空豆に商（あきな）う心教えられ

もも吉は、籠花入をカウンターの隅に置いた。

ホタルブクロが一輪。

花の向きを直して、しばらく愛でる。

梅雨の時期は、どうしても心が重くなる。そんな時には山野草を活けるようにしている。健気に美しく咲く姿に力をもらえる気がするのだ。

隠源が「もも吉庵」の襖を開けるなり、胸の辺りを押さえてよろよろと入って来た。

「ばあさん、二日酔いの薬出してくれるか～」

隠源は、建仁寺塔頭の一つ、満福院の住職だ。丸椅子に座り込むと、カウンターに突っ伏した。

「何言うてますのや。うちはお医者さんでも薬屋さんでもあらしまへんえ」

「すみません、もも吉お母さん。おやじときたら、夕べ、しこたま飲んでしもうたらしゅうて」

あとから入って来た、息子で副住職の隠善が、隠源の背中をさする。

もも吉は、十五で舞妓に、二十歳で芸妓になった。その後、お茶屋の女将を継いだが、今はゆえあって甘味処「もも吉庵」を営んでいる。

今日は黒地に雨模様の着物、白に水草の中を泳ぐ金魚の柄の帯。帯締めは濃い水色といかにも涼(すず)し気だ。

もも吉は、

「総合病院の高倉先生(たかくらセンセ)から、お酒は控(ひか)えなあかんて注意されてましたやろ。仕方おまへんなぁ」

と言うと、奥の間からランドセルほどの大きさの薬箱を抱えて戻って来た。抽斗(ひきだし)が五段ついている。一番上の段から、小袋を一包取り出して隠源に差し出す。

「おお、これやこれ、『越中爽快丹(えっちゅうそうかいたん)』や」

隠源は、白湯(さゆ)に溶(と)いて口に含んだ。

「わての二日酔いには、昔からこれが一番効(き)くんや。何ちゅうたか、富山(とやま)の置き薬の名前」

もも吉は、薬箱の脇を隠源に見せる。

「おお、そうやそうや。富山の白山薬宝堂(はくさんやくほうどう)」

白山薬宝堂は、江戸時代から続く、配置薬(はいちやく)の販売会社だ。販売員が、全国各地をすみずみまで回って、胃薬を始めとして下痢(げり)止め、解熱剤(げねつざい)、トローチ、シップ、目薬、傷テープなどの入った薬箱を各家庭に預ける。年に一度訪問した際、使用した薬の分だけ現金を回収し、減った分の薬を補充(ほじゅう)する。「先」に薬を用いて病気を治(なお)

いる。

し、「あと」からお金をもらうことから、その商い(あきな)の方法を「先用後利(せんようこうり)」と呼んで

もも吉が言う。

「うちは、白山薬宝堂さんで長いこと置き薬のお世話になってます。ここらの地域担当の多祢(たね)さんとは、もう四十年ものお付き合いや。うちより十(とお)も年上やけど、ついこの前まで元気に働いてはった」

隠善が心配そうに尋ねる。

「そう言えば最近、お姿見かけん思うてたら仕事辞めはったんですね」

「それが多祢さん、転んで大腿骨(だいたいこつ)を折ってしまわはったんや。退院はでけたんやけど、歩くのに難儀(なんぎ)そうでなぁ。これを機に老人ホームに入らはったんや」

「たしか旦那(だんな)さんを早(はよ)うに亡くしたあと、苦労してお子さんを育てはったて」

「息子さんが一人な。そやけど、息子の世話にはなりとおないて言い張って。うちは時々、甘いもん手土産(てみやげ)に、老人ホームに遊びに行ってますんや。いたって元気で、口数は昔より多なりました。とにかく置き薬の販売を通じて知り合(お)うた友達がぎょうさんいてはってなぁ。顔の広さではうちも顔負けや」

「お元気ならよかったです」

と、隠善がほっとした顔をする。

「ところで、じいさん。どないするんや？　麩もちぜんさい食べてくんか？」

隠源が、げんなりとした顔つきをする。

「あかん、気持ち悪うて何も喉通らへん」

「そうか〜そないしたら隠善さんだけ食べていかはりますか？　今日は、またちびっと工夫してみましたんや」

「なんやなんや、工夫て」

と隠源が、弱々しいながらも瞳を開く。

「あんたは、食べられへんのやろ」

と、もも吉が言うと、いかにも悲し気な顔をした。

もも吉は、すぐに支度をして隠善と美都子の前に清水焼の茶碗を置いた。

隠善が早速、ふたを取るとふわっ〜と湯気が立ち上る。

「あっ、ぜんざいの上に、パラパラッとうぐいす色の粉がかかってます。なんやろ？　ツンッと香ばしい匂いがする。もも吉お母さん、これは……？」

「青大豆黄な粉や。山形や長野で昔から作られてるて聞いてます」

「わあ〜香りがええなぁ、こないな黄な粉、初めてや。いただきます」

隠善が、木匙を取って口へと運ぶ。

「もも吉お母さん、これはほんまに美味しいです」

「ミャウ～」

カウンターの角（かど）の席で眠っていたおジャコちゃんが、背伸びをしたかと思うと、甘えるような声で鳴いた。もも吉が、抱き上げて話しかける。

「そうかそうか、あんたにもあげよな」

おジャコちゃんはアメリカンショートヘアーの女の子。もも吉庵のアイドル的存在だ。時に、人の言葉がわかるのではないかと思うこともあるほど賢（かしこ）い猫だ。もも吉は、小皿にキャットフードを少し盛り、その上に青大豆黄な粉を振りかけた。またまた店内に黄な粉の香りが漂（ただよ）う。隠源が口を押さえた。

「あかん、匂い嗅（か）ぐだけでまた気分悪うなってきた。悔（くや）しいけど食べられへん」

「甘いもん好きの食いしん坊が、鬼の霍乱（かくらん）やなぁ。どうや、一口だけ食べるか？」

と、隠善が自分の茶碗を隠源の目の前に差し出した。

「うわあ～かんにんしてくれ」

と、口と鼻を押さえる。

もも吉は、気の毒と思いつつも、声を出して笑った。

おジャコちゃんも、

「ミ～ウ」

と笑うように鳴いた。

皆川遥風は、幼い頃から勉強が大好きだった。頑張れば頑張るほど点数という結果が出ることが、嬉しくてたまらなかったからだ。好きな言葉は「努力」。エジソンや野口英世などの伝記を読んで、偉人たちに憧れた。

よくクラスのみんなに「遥風ちゃんは頭がいいなぁ」と、羨ましがられた。遥風は不思議で仕方がなかった。それなら、なぜ、みんなは勉強せずに遊んでばかりいるのだろうと。もちろん、口に出したりはしないが。

小学校の六年生の時、いじめに遭った。筆箱を隠されたり、ノートに落書きをされた。先頭に立っていじめてきたのは、九九も満足に言えない男の子だった。それは中学生になっても続いた。今日は、どんないじめに遭うのかと考えると、お腹が痛くなった。親にも先生にも言わず、「いつか大人になったら見返してやる」と心の中で唱えてじっと耐えた。

そんな学校生活も、高校入学とともに一変した。県内でも有数の進学校で、クラスの仲間は誰もが勉強することが当たり前の生活を送ってきた人たちだった。京都大学に合格した時には、両親は涙を流して喜んでくれた。

大学ではラクロス部に入り、たくさんの友達ができた。一年中、腕や膝は生傷が絶えなかったが、スポーツをすることの楽しみを覚えた。

遥風は国際金融を専攻し、第一志望だったメガバンクから内定をもらった。あまりにも早く決まったので、早々と卒論を書き終えるとやることがなくなった。アルバイトや旅行に明け暮れ、社会に出る前のモラトリアムを十分に満喫していた。

好事魔多し。

初秋のある日のこと、入社予定の銀行の名前が、ニュースに流れて愕然とした。不正経理が長年にわたって行われており、それが隠蔽されていたというのだ。翌日には、役員が記者会見を行い、必死に弁明する様子がテレビに映し出された。

信用不安から、預金の払い出しが止まらなくなった。銀行だけでなく、国も利用者に対して「心配はいらないので冷静に」と促したが、逆に信用不安は高まるばかりで取り付け騒ぎへと発展。あっという間に、経営が破綻した。

政府主導で、別のメガバンクが救済合併する案が提示された。それに伴い、大リストラが敢行されることが決まった。一番に実行されたのが、新規採用の取り消しだ。

理不尽としか言いようがない。

遥風は内定を取り消されて、頭の中が真っ白になった。

部活の友人たちは心配してくれて、「遥風なら今からでも就職活動をやり直しても大丈夫だよ」とか、「留年して、来年もう一度チャレンジしたらいいじゃない」と言ってくれた。また、「こんなことにならないように、志望を公務員に変えたら」とアドバイスしてくれる者もいた。

しかし、遥風の家は、けっして裕福ではない。両親が文具店を営んで生計を立てていたが、コンビニや大型のショッピングモールが次々にできる中、売上は減るばかり。少子化による統廃合で、小学校への納入も大幅に減少した。やむなく、店を畳んだのが七年前のこと。残ったのは、借金だけだった。父親は建築現場の交通誘導員、母親はスーパーのレジの仕事に就いて、遥風を大学にまで行かせてくれた。最近では、父親は腰痛が悪化し、「痛い、痛い」と整形外科に通いながら、現場に通っている。留年する余裕などなかった。

就活戦線は既に終盤を迎えていた。いくら京大とはいえ、贅沢は言っていられない。でも、どうしても大学で学んできた金融の仕事がしたかった。心配したゼミの教授に呼ばれ、企業の採用案内を差し出された。京都市に本社がある、京洛信用金庫だ。

「皆川さんには不本意かもしれへん。うちの大学のプライドもあるしなあ。そやけど、地域に根付いた健全経営をしている優良企業や。ここの理事長から、将来の幹部候補となるような若者を紹介してほしいと頼まれているんや。もしよかったら、面接だけでもを受けてみぃひんか。もちろん、私が推薦状を書くさかい」

低姿勢で言う教授の気持ちが、手に取るように伝わってきた。ゼミの同期の内定先は、日本を代表する大手の銀行や保険会社ばかりだ。

父親にこれ以上、無理をさせる訳にはいかない。

贅沢を言える立場ではない。

遥風は気持ちを切り替え、面接に出かけた。

すぐに採用が決まった。人事部長から、

「調べて見たら、当金庫発足以来、初めての京大卒の新入社員や。大いに期待してるさかい頑張ってな」

と言われた。だが、正直、嬉しいという感情が湧いてこなかった。二流三流の大学を出た先輩たちの下で働かなくてはならない。そう思うだけで憂鬱になった。

それだけではなかった。四月になり研修が始まると、

「おい、皆川じゃないか」

と背中を叩く者がいた。最初は、わからなかった。

「俺や俺、丹後や」

名前を聞いて、記憶が蘇った。小学校の時、いじめのリーダー格だった男の子

だ。そう、九九さえ言えなかったあの子ではないか。

「嬉しいなぁ。お前と一緒に仕事ができるなんて」

いじめたことを覚えていないのか、この偶然の出会いを心から喜んでいるような笑顔だ。遥風は、茫然として立ち尽くした。

（間違ったところに来てしまったのかもしれない……）

そう思うと、虚しさが込み上げてきて、涙があふれてきた。


朝倉透は、以前、京洛信用金庫本社の融資部長を務めていた。高卒にもかかわらず、五十そこそこで部長というのは、金庫内でも大出世である。

ところがある日、一人暮らしの母親が夜中にトイレに行った際、転んで大腿骨を骨折してしまった。にもかかわらず、勝気な性格で息子の透には連絡せず、自分で救急車を呼んだ。搬送先の病院で、すぐに手術をすることになったが、母親は病院から「家族の同意が必要です」と言われた。

しかし「息子に心配はかけたくない」と言い張り、病院の看護師や事務員とひと悶着あったという。

そんな気丈夫な母親だったが、さすがに手術後は、精神的に落ち込んでしまった。退院後のリハビリがなかなか進まず、歩くことができなくなったことが原因だ。それがストレスになり、「うつ」になったのだ。「リハビリに行きたくない」と、布団から出ようとしない。

透は、父親を早くに亡くしたため、母親が透を一人で育ててくれた。透は、母親の愚痴一つ、泣き言一つ聞いたことがない。しかし、それがどれほどたいへんなことだったかは、食卓の献立で理解できた。毎日、青物のお浸しが出る。時には、炒めたり揚げたりしてあることもあった。透は、「美味しい美味しい」と言って食べていた。

ところが、透が小学校の二年生の時、急に「ペンペン草」というあだ名で呼ばれるようになった。母親が、道端のナズナをカゴいっぱいに摘んでいるところを、クラスの男の子が見掛けたらしい。青物は、川べりや野原の雑草だったと知った。そのことを母親に話すと、何も言わずに「トオル、かんにん」と言った。

その翌日から母親は、昼間の魚屋のパートに加えて、深夜の工事現場の仕事もするようになった。そして、透にだけ、朝ごはんに卵焼きを作ってくれるようになった。

母親は、幾度も職を変わり、縁あって富山の置き薬の販売員になってから、ようやく生活を安定させることができた。

既に透の二人の子どもは、独立して家を出ていた。栄養士で、小学校の給食センターで働いている妻に「苦労を掛けた母親に恩返しがしたい」と相談すると、

「いいわよ。あなたは親孝行して。二人なら、私の給料だけでなんとかやっていけるもの」

と、強く背中を押してくれた。妻は両親共に既に看取っている。

透は、思い切って信用金庫を早期退職した。

自宅からバスを使って三十分ほどの実家との間を毎日行き来し、母親の介護をした。食事も洗濯もすべて面倒をみた。しばしば実家に寝泊まりして、リハビリセンターへの送迎もした。

嫌がるリハビリを、ある時は励まし、またある時はなだめすかして続けさせた。その甲斐あって、一年後には杖を使えばなんとかではあるが、歩けるようになった。それに伴い、めきめきと「うつ」も快方に向かった。透は苦労をかけた母親に、ようやく親孝行ができたと嬉しくてたまらなかった。

ところが、である。

再び、元の元気な母親に戻ると、こんなことを言い出した。

「人間、元気なうちは働かなあかん。トオルは仕事に戻りなさい」

「何言うてるんや。お母ちゃんに恩返ししたくて、退職したんやないか」

「そんなん、頼んだ覚えはないで」

そう言うと、母親は透に相談もせず、勝手に手続きをして老人ホームに入ってしまった。

母親は、「仕事に戻れ」と言うが、信用金庫は既に退職してしまっている。人事部長を頼って、古巣の職場を訪ねた。「復職したい」と相談すると、正社員という訳にはいかないが、契約社員ならすぐにでも再雇用してくれるという。透としては、何の不満もない。

人事部長から、これまでの経験を活かして、専任で職員研修をしてほしいと頼まれた。正直、再雇用してもらえるだけでありがたかった。その上、実績を買ってくれたのも嬉しい。しかし、透は「それだけは勘弁を」と、頑なに固辞した。時間に余裕のある部署で、できるだけ母親の顔を見に行きたいと思ったからだ。

実はもう一つ、それ以上に、尻込みする理由があった。透は、「人に教える」ということが大の苦手なのだ。

若い時分には、頻繁に職員研修を受け、金融や経営の知識を身に付けた。しかし、何よりも大切なのは「経験」だと考えている。失敗や挫折を積み重ねるうちに、知らず知らずに仕事や人生の大切なものを身に付けられるのだと。特に、「人付き合い」や「人物の見方」などというのは、人から教えられて学ぶものではない。透自身、誰に教えられたという訳ではなく、できる先輩の背中を見たり、夢中で働いているうちに、知らぬ間に仕事を覚えていたのだ。

どうにかわがままを聞いてもらい、支店での「お客様案内係」の仕事に就かせてもらうことができた。そして、やって来たのが、お茶の産地として有名な宇治支店だった。ここは、透が入社して最初に配属になった支店である。その後、四十代で副支店長として四年間お世話になった。今回で、三度目のご奉公だ。


「精が出ますなあ〜」

透に、そう声を掛けてきたのは、宇治でも有数の茶卸商「相沢源三郎茶舗」の十三代目当主・源三郎だ。八十を超えても背筋がスッと伸び、青年と見紛うように足取りが軽い。本人いわく、「毎日、お茶を飲んでいるからや」。

透は、箒を手にして、

「へえ、おおきに」

と、屈んだままの姿勢で、より頭を低くして答えた。

「朝倉はんの掃除は見てて気持ちがええなぁ」

「からかうんは止めてください」

透は、そう言い顔を僅かに赤らめた。

「いやいや、いつも感心してますのや。人から命じられて、ただ掃除するお人は、早う終わらせよう思うて、ササッと丸う掃くもんや。朝倉はんは隅の隅まで四角う掃いてはる。それだけのことやが、これがなかなかでけへんもんや」

「何もかも、ご当主がお手本ですから」

と答えると、源三郎は意味がわからないらしく、

「お手本？　妙なこと言わはりますなぁ。あんさんとのご縁は、もう三十年になる思います。そやけどお手本も何も、信用金庫の新人さんの時にも、副支店長やらはった時にも、いつも同じように四角う掃いてはった覚えがあります」

と、首を傾げた。

「私が、早う出勤して店の周りの掃除するんは、ご当主をお手本にさせてもろうただけなんです」

「お手本やなんて大仰な……」

と、源三郎が不思議そうな顔つきをする。

「実は、こんなことがございまして……」

透は、よい機会なので、源三郎にお礼を兼ねて、かつての話をすることにした。

透は、高校での成績が良くなく、赤点ばかり取っていたが、進路指導の先生の強い推薦のおかげでなんとか京洛信用金庫に入庫できた。それまで、遊んでばかりで何一つ努力というものをしたことがない。そこで、社会人としてスタートするにあたり、一つ、心に誓った。

「とにかく元気に出勤しよう。そして、誰よりも早く出勤しよう！」

と。

新人として宇治支店に配属されて早々、四月のことである。朝、七時十五分。まだ人通りは少ない。JR宇治駅から勤め先の宇治支店まで歩いていると、毎朝、掃除をしている人たちに出逢った。ときおり、人が通ると、その手を休めて、

「おはようございます」

と挨拶する。お土産屋や飲食店、お茶の小売店が並ぶ商業地では、特に不思議な光景ではない。ところが、掃除をするのは、三人の子どもなのだ。上は、中学一年くらいの女の子。そして小学校低学年の男の子が二人。

（感心な子らやなぁ）

そう思いつつ、

「おはようさん、ご苦労様です」

と返事をして通り過ぎていた。

ある日、すぐ近くの喫茶店でランチを食べていた時、ママさんにその話をした。そこで、初めて、その三人が「相沢源三郎茶舗」の当主、十三代目源三郎の子どもたちだと教えられた。なんでも、代々、江戸時代からの習わしで、商い（あきな）の心を養い奉公人のお手本となるよう、幼い頃から毎朝、掃除をしているのだという。それは店周り（みせまわ）だけではなく、近くの公園や河原（かわら）までも行っていると聞き、透は頭の下がる思いがした。

透が、

「それを聞いて、私も真似（まね）をして、支店の周りの掃除を始めたのです」

と言うと、源三郎はにこやかに答えた。

「そんなことがありましたか。私は、三人の子どもに恵まれましたが、とにかく厳（きび）しゅう育てました。厳しゅうと言うても、叱（しか）ったり手を上げたりいうことやありまへん。独立心を持つこと、己のことよりも先に人様のことを考えること、チャレンジ精神を持つことなどを幼い頃から教えてきました」

「ほう、子どもの頃からですか」

「手前味噌（みそ）にはなりますが、おかげさまで三人とも、なんとか無事に社会に出て人様のお役に立てるように励んでおります。長女は旅館に嫁（とつ）いで、女将として頑張っております。長男は、後を継いでくれますし……」

「よう存じ上げております。私は、次男の宗春君とは特に親しゅうさせていただいております。お茶の産地で珈琲焙煎所を始められたと聞いた時には、正直びっくりいたしました。いわば日本茶と珈琲はライバルやないかて。そやけど、宗春君がブレンドする珈琲は美味しゅうて、毎朝、飲ませていただいております」

源三郎は、相好を崩した。

「それはそれは、宗春の店のお客様でしたか。幼い頃から教えてきました独立心、チャレンジ精神が実ったようです。大学を卒業すると、青年海外協力隊で開発途上国へ行ったきり、帰って来ませんでした。なんや、『一生かけてやりたいことを見つけるんや』て。その後、三十半ばまで海外を放浪しておりまして、正直なところ少し心配しておりました。それが、南米で本場の珈琲と出合うて思うところがあったらしく、『おやじ、やりたいことがようやく見つかったで』と言い、戻って来たのです。『手ぇ貸してくれ』とも『資金貸してほしい』とも、一度も言うたことがありまへん。自分で育てておいて、なんや淋しい気もします。一つくらい相談してくれてもええんやないかて」

「ご当主としては、複雑な思いでいらっしゃるという訳ですね」

「まあ、そういうことです。それでも、なんや道に躓くようなことがありましたら、どうか助けてやってくれはりますか」

深くお辞儀をする源三郎に、透も慌てて頭を下げた。

「では、また」

と言い、源三郎は歩き始めた。

「あっ！　危ない」

源三郎の目の前ぎりぎりに、黒塗りの高級セダンが通り過ぎた。その車の窓から、何かが捨てられた。

源三郎は、何事もなかったかのように、スタスタと近づき拾う。火が点いたままのタバコの吸い殻だった。地面にこすり付けて消す。透は歩み寄り、手を差し出した。

「お預かりします」

「お願いします」

「困ったお人がおられますなぁ」

透は、その車のボディに書かれてある会社名に見覚えがあった。

(宇治川運送……たしか、うちの店の取引先やったなぁ)

「急成長してはる会社やから、社長さんはずいぶんやり手なんやと思います。そやけど、こういうことされるんは感心しまへんなぁ」

と、源三郎が顔をしかめた。

「同感です」

と答えて、透は源三郎の背中を見送った。

腕時計を見て、ハッとした。どうもしゃべり過ぎたらしい。

もうそろそろ、職員が出勤し始める時間だ。

(宇治川運送さんのこと、融資係の皆川さんの耳に入れておいて方がええやろな。

う〜ん待て待て、お客様案内係が出しゃばったこと言うてええもんかどうか。いいや、それでも京洛信金のためや……)

透は掃除道具を片付けて、足早に支店の裏口に向かった。


「どうかお願いします！」

「頭、上げてください。なんや私が悪人みたいやないですか」

遥風は困り切っていた。あまりにも大きな声を出して懇願(こんがん)するので、順番を待つ来店客が一斉に遥風の方を向く。このままだと土下座(どげざ)でもしかねない雰囲気(ふんいき)だ。

「私を信用してください」

「相沢さん、信用してないなんて言うてるんやありません。私はただ……」

「絶対、京洛信金さんを裏切ったりしません。必ず返済しますさかい……」

融資係のカウンターに両手を突き、ぴたりと頭を付けているのは「ドリップ相沢」のオーナー・相沢宗春だった。


遥風は、京洛信用金庫に入庫して三年目となった。

西陣支店で二年、営業でお得意さん回りをした。ずっと、「ここは自分の居場所やない」と思い続けていた。なのに、よく我慢して仕事をしてきたと思う。その間、幾度も転職を考えた。しかし、両親がともに身体を壊し、入退院を繰り返していることから京都を離れることができなくなってしまったのだ。

昨年、転職サイトで、大阪の地方銀行が中途採用を募集していると聞き、飛びつくようにエントリーした。すぐに人事担当者から返事があり、面接を受けた。過去にメガバンクに入社が決まっていたという話をすると、「すぐにでも来てほしい」と言われた。しかし、その赴任地が東京本部だとわかり、やむなく辞退した。

自分は、ここで燻ったまま一生を終えるのだろうか。そう考えると、苛立ちを覚えてしまう。そんなことでは、仕事に集中できるはずもない。そこそこの営業成績を上げてはいたが、「京大出にしてはたいしたことないなぁ」「期待はずれらしい」という陰口も耳に入っていた。

そんなある日のことだ。

研修で本社へ行った時、入社時に世話になった人事課長に声を掛けられた。

「そろそろ、融資の仕事をしてもらおう思うてるんや」

「え⁉　本当ですか？」

それは遥風が、かねてより希望していたことだった。融資畑の方が将来、支店長や本店幹部への道が開けやすいと聞き、転属願いを提出していたのだ。

「次の異動で、宇治支店に行ってもらうさかい、頑張って成果を上げてや。それ次第では、早い時期に本社の融資部に引っ張るさかい」

そして課長の言う通り、この春、宇治支店融資係に着任した。

遥風は早々に、融資の顧客リストを確認した。大きな融資案件を取り上げて、一気に成果を上げようと考えたのだ。ところが、心にブレーキがかかる。もし融資が焦げ付いてしまったら……と思うと、なかなか融資稟議を上げることができない。

金融機関の人事考課は減点主義だ。ミスは無くて当たり前。大きなミスをすれば、それを挽回するのは難しい。今、ここで、しくじる訳にはいかない。

すると、自ずと決算書に基づきコンピュータが判定した「企業の格付け評価」に従うことになる。会社の良し悪しを「点数」で決めるのだ。

もたもたしている間に、大学の同期とはますます差が開いてしまう。

大きな成果を上げるにはどうしたらいいか。

そこで、考えたのが、大手取引先への設備投資の提案だ。ところが、次から次へと小さな会社の社長が「借りられへんやろか」と相談に訪れる。中には、アポもなしに突然、やって来る社長もいる。ゆっくり企画書を練る暇も作れない。


その一人が、相沢宗春だった。

一度、断ったにもかかわらず、また来店した。

相沢は、宇治では五本の指に数えられる茶卸商「相沢源三郎茶舗」の現当主の次男だ。大学卒業後、海外を放浪していたらしい。三十六歳の時に、宇治に戻って珈琲の焙煎所を始めた。実家が日本茶の老舗だというのに、なぜ珈琲なのか。家業のライバルではないか。親から反対されたに違いない。

その相沢から、一月ほど前、「開業資金を借りたい」と申し出があった。焙煎所の隣のビルの一階が空いたことから、そこを借りてカフェを開くための設備資金である。収支計画に資金繰表、さらに「ドリップ相沢」の決算書も差し出された。

遥風は一目見て、難しいと判断した。

たしかに、「ドリップ相沢」は創業以来三年間、毎期売り上げを伸ばし、今期は黒字化を達成した。しかし、カフェの収支計画の売上が、席数と回転率から見積もっても、あまりにも甘く思えるのだ。もしカフェの客入りが目標を下回ったら、借入金の返済が困難になる。

万一、カフェで赤字になった場合、ドリップ相沢にはそれを補塡する余力がない。そう決算書の「数字」が言っている。もし返済が滞り、焦げ付いてしまったら遥風の人事考課に差し障ってしまう。それだけは避けなければならない。

遥風はズバリ指摘した。

「売上の見込みが大き過ぎはしませんか？」

相沢は、顔色を変えるどころか、力を込めて言う。

「私が珈琲豆の仕事をしよう決めたんは、フェアトレードで途上国の人たちに手を差し伸べるためなんです。珈琲農園で働く人たちを貧困から救いたいんです。私の思いに賛同してくれた人が、次から次へと口コミで買いに来てくださってます。カフェを併設すれば、フェアトレードに関心を持って豆を買うてくださるお客様が、もっと増えるはずやて信じてます。相加相乗作用を見込んでの計画なんですよ」

相沢の熱い理念は理解できる。しかし、現状では時期尚早としか思えない。

「もう少し、自己資金が貯まってから何年後かに始められてはいかがですか？」

とアドバイスしたが、相沢はさらに身を乗り出した。

「隣が空くなんて、またとないチャンスなんですよ」

そこで、遥風は一つの提案をした。

「それでは、ご実家のお父様に連帯保証人に入っていただけたら、検討させていただくということではいかがでしょう」

と。すると、相沢は急に険しい顔つきになった。

「そんなことは父には頼めまへん！　第一、父も引き受けへん思います」

遥風は驚いた。父子の仲でも悪いのだろうか。それなら、よけいに問題だ。

「私は子どもの頃から、両親や祖父母に商いの心を学んできました。でも、父は父、私は私。父に頼るつもりはありません。焙煎所を始めた時も、一銭たりとも資金援助は受けておりません。私という人間をどうか信じていただきたいんです。そうや！　ぜひ一度、お店を見に来ていただけませんか？　コーヒーを試飲していただきたいのです。フェアトレードの珈琲は、一般のもんより少々お高いんです。それでも、わざわざうちの店まで来て、買うてくださるお客様がいるんです。こんな紙切れの決算書やのうて、『高うてもかまへんで』と買うてくださるお客様の笑顔を、その眼ぇで見てもろうたら、きっとわかってもらえる思うんです」

遥風は、このITの時代に、人情に訴える人がいることに戸惑ってしまった。はっきりと言っておかないと、また何度でも押しかけて来そうだ。

「いえ、伺うまでもありません。数字が物語っているんですよ」

融資の仕事は、承認できれば喜ばれるが、断ると恨みを買うことさえある。自ら望んで異動して来たとはいえ、遥風は辛くなってしまった。

どうやって帰ってもらおうか。

そう悩んでいた時である。

「おや、源三郎さんとこの、ぼんやないですか？」

そう言い、近づいて来たのは、お客様案内係の腕章を付けた朝倉透だった。来店客に用件を聞き、記入する用紙を手渡したり、ＡＴＭの使い方に戸惑う高齢のお客様に手順を教えたりしている。その他、店周りの掃除やゴミ出し、休憩室のお茶の用意などもこなしている。

にもかかわらず、つい先日、遥風の担当先の話をしてきた。

「気になったことがありますんや。宇治川運送さんなんやけど……」

「それが何か」

宇治川運送は、急成長を遂げている。そこで、社長からトラック五台を購入する融資の申し出があった。直近の決算書は申し分ない。コンピュータが判定した企業の格付け評価も高得点なので、融資の稟議を上げて承認待ちになっている。

「気ぃつけた方がええ思いまして」

雑用係のくせに、どういうつもりなのか。遥風は腹が立って、

「担当外のことに口をはさまないでいただけませんか」

と、言ってやったばかりだ。

相沢が、朝倉の声に振り向いて答える。

「あっ、朝倉さん、ええところに」

「お父様はお元気ですか？」

「ええ、相変わらずです」

「今日はどないしはったんです？　ぼんとこの珈琲、毎朝いただいてます。ちょうど豆が切れたさかい、伺わなあかんと思うてたところです」

「毎度、ありがとうございます。おかげさまでみなさんに贔屓（ひいき）にしていただいて、売上は右肩上がりです。実は、今度カフェやろう思うて、その資金を融通してもらいに伺ったんです」

「それはそれはおおきに。ぼんなら、きっと上手（うま）くいかはるでしょう」

「それが……難しい言われまして」

相沢がちらりと遥風の方を見て、
と顔をしかめる。

「え⁉」

朝倉が驚いた表情で、遥風を見る。

「こちらは『相沢源三郎茶舗』の息子さんで、昔からよう存じ上げてるお方です。そりゃあもう、真面目でお人柄が良うて……」

またた。雑用係のくせに口を出すなんて。遥風は、朝倉の言葉を遮り言った。

「人柄が何だと言うんですか！　部外者が融資のことに口出ししないでください」

イラついて、つい大声になってしまった。しかし、雑用係、いやお客様案内係とはいえ年上の人に「部外者」というのは言い過ぎだとすぐに反省した。

「すみません……でも、この書類では稟議を上げることは難しいんです。相沢さん、ご理解ください」

そう言い、遥風は立ち上がって深く頭を下げた。朝倉はまだ何か言いたげな顔つきに見えたが、ふと悲しげな笑みを浮かべ相沢を出口まで送っていった。


透は、老人ホームに母親を訪ねた。

まだ杖なしでは歩けない、そこで、リハビリを兼ねて、有馬温泉にでも連れて行ってやろうと思ったのだ。ところが、

「ここはなぁ、温泉の出る健康センターと契約してて、バスで送迎してくれるん

や。紅白出たことある歌手のステージもあるし、毎週のように通うてる。母ちゃんのことはほっといてや」

「お母ちゃん、親孝行くらいさせてくれてもええやないか」

「あんたが世間様のために元気に働いてるんが、何よりの親孝行や。それより、買(こ)うて来てくれたか？」

「ああ、買うて来たで」

透は、カバンから包みを取り出した。

「これやこれ」

パッと奪(うば)うようにして開封するなり、一本取り出して頬張った。

「トオル、お茶淹(い)れてくれるか」

母親は甘いもんに目がない。いつも「どこそこの菓子買(こ)うて来てや」と頼まれる。先日、宇治支店に勤めることになったと報告したら、「通圓(つうえん)」の茶団子(ちゃだんご)を買って来てくれと頼まれた。通圓は永暦(えいりゃく)元年（一一六〇）の創業(そうぎょう)で、日本で一番古いお茶屋さんとして知られている。宇治橋の橋守(はしもり)として道往(ゆ)く人々に茶を提供したのが始まりという。母親は、続けてもう一本頬張った。

「温泉はええから、今度はなあ、これ買うて来てくれるか？」

と、メモ用紙を渡そうとする。透は、母親の身体のことを考えると、こんなに甘いもんばかり食べてもいいのだろうかと心配になり、眉をひそめる。

「あんた、母ちゃんの血圧とか血糖値とか心配してくれてるんやろ」

図星だ。いつも心の中を読まれている。

「母ちゃんはなぁ、トオルが買うて来てくれたもん、ひとりで全部食べたりはせーへん。少しだけ食べて、あとは施設長さんとかホームでできたお友達にお裾分けしてるんや」

「え、そうなんか？」

「この店はなあ、母ちゃんが置き薬やってた時のお客様や。老人ホーム入ったと噂に聞いた言うて、『お身体大丈夫ですか』て、電話くれたんや。それでお礼も込めてお団子、買うてあげよう思うたんや」

さすが母親だと思った。

置き薬の販売員をしていた頃は、全国でもトップクラスの営業成績で、何度も本社から表彰されていた。京都府内には、母親を信頼して買い続けてくれていたお客様が、大勢いたということになる。

「頼んだでぇ」

透は、「はあ～」と溜息をつくと、母親に背中を押されるようにして帰った。

大学のゼミの同窓会は、毎年、お盆の週の日曜日に開催することになっていた。

ゼミの仲間たちは大手企業の全国の支店で働いているため、夏休みの時期に合わせるためだ。遥風は、同窓会が近づくにつれて憂鬱で仕方がなくなる。みんなの活躍ぶりを耳にするのが辛くてたまらないからだ。それに引き換え……とコンプレックスがますます募ってくる。

本当は、同窓会になど参加したくない。

しかし、そうはいかない事情がある。

大学卒業後に、京都に残ることが決まっていた遥風と、同じく地元で就職した雲畑賢友の二人で幹事を務めることになっていたからだ。雲畑は、幼稚園で働いていると聞いている。なぜ、経済学部を卒業したのに幼稚園で働いているのだろうか。よほど進路変更を余儀なくさせられるような出来事があったのかもしれない。あまり立ち入らない方がいいと思い、仕事については尋ねないようにしていた。それは、遥風も就職先のことを聞いてもらいたくないからだ。

ゴールデンウイーク明けの昼休み、食事中に雲畑からメールがあった。

〝今度の休み、会って打ち合わせしませんか？

今年は先生の還暦祝いもしたいので〟

正直、「面倒だな」と思った。同窓会と言ってもたかだか二十名ほどの人数だ。毎回、雲畑が会場の飲食店を予約し、事前に現地を確認してくれている。そのため、遥風は当日の受付をするだけで楽をしてきた。その後ろめたさから、断ることはできない。でも、休日を打ち合わせに当てることはためらわれた。仕事で疲れ果てており、ゆっくりと休みたいのだ。特に、土曜日は昼近くまで起きられない。

返信に逡巡（しゅんじゅん）していると、追伸が届いた。

〝もし、今日でもよかったら、たまたま宇治に用事があるので、皆川さんの仕事が終わったあと会えませんか。何時でもかまいません〟

助かった、と思った。すぐに、

〝よろしくお願いします〟

と打つと、待ち合わせの場所が届いた。それを見て、身体が強張（こわば）った。

〝地図で見ると、京洛信金のすぐ近くのようです。ドリップ相沢という珈琲焙煎所で待っています〟

ついさっき、融資の依頼を断ったばかりの会社ではないか。慌てて、場所の変更を頼もうとしたが、それよりも先にメールが届いた。

〝このあと、夕方まで打ち合わせや車の運転で連絡が取れなくなります。一年ぶりに会えるのを楽しみにしています〟

と。遥風は、心が重くなり食欲がなくなってしまった。

ドリップ相沢を訪ねたのは、その日の午後八時近くである。

相沢には会いたくなかった。

よほどドタキャンしようと思ったのだが、こちらに後ろめたいものは一つもない。

(堂々としていればいいわ)

店のドアを開けると、相沢と雲畑が向かい合って話をしている。先に相沢と眼が合ってしまった。言葉に詰まっていると、相沢が先に口を開いた。

「いや〜びっくりしました。賢友と京大の同級やそうですね」

「昼間は、失礼な言い方して……」

「いえいえ、気にしてまへん。また企画書、練り直して伺いますさかい」

あまりにも、相沢がさっぱりとした表情で言うので、驚いてしまった。借入の相談を断ったことで、気まずい思いをしているのはこちらだけなのだろうか。でも、正直、もう二度と来てほしくはないと思った。

「私は賢友と従兄弟(いとこ)同士なんです。それにしても賢友、皆川さんはお前の話の通り聡明(そうめい)で可愛らしいお人やなぁ」

「え⁉」

遥風は、頰がポッと紅らむのが自分でもわかった。雲畑が、相沢に向かって「シーッ」と口に人差し指を立てた。

（まさか、雲畑君……私に気があるとか。今まで、そんな素振りを見せたことは一度もなかったのに。もっとも、お茶に誘われても、どう返事したらいいかわからないけど）

あたふたした表情で、雲畑が遥風に話しかける。

「お腹空いてるやろ」

ここで「空いてます」などと答えたら、「どこか食べに行こう」と言われるに違いない。残業で、疲れ果てている。今日は、サッと打ち合わせを済ませて家に早く帰りたかった。でも、お腹は正直なものだ。

「グ～」

かなり大きな音が鳴り、二人に笑われてしまった。相沢が言う。

「今、珈琲淹れます。飲んだからいうて、融資の審査を有利にしてもらおうなんて言わへんさかい、安心してください」

雲畑が、カバンから、菓子袋を取り出しながら言う。

「僕もお腹空いてしもうてペコペコや。ここへ来る途中、駅前のお土産屋の軒先で買うた久助煎餅やけど、これ摘まみながら打ち合わせしよか」

「久助」とは製造過程で割れたり形がいびつだったりする煎餅やあられのことだ。袋には「ピーナッツ煎餅」と書いてある。雲畑は相沢から大きめの皿を貸してもらい、袋を破いてザザーッと一気に盛った。

「さあさあ、皆川さん。一緒に食べよ」

そう言い雲畑は、皿から小さな欠片を一つ摘まんで口にほうり込んだ。遥風が、なかなか手を伸ばそうとしないからか、雲畑は皿の底に落ちているピーナッツを、三つばかり拾うようにして口に運んだ。お腹が空いていると言ったのは嘘なのだろうか。

珈琲を淹れて、テーブルまで来てくれた相沢も、

「美味しそうやなぁ」

と言い、三角の小さな欠片を一つ摘まんで口にほうり込む。

「うん、美味しいなぁ。もう一ついただこ」

相沢は続けて、雲畑と同じように、底に落ちたピーナッツを一つ取って口に入れた。二人とも、よほどピーナッツが好きに違いない。割れ煎餅と言っても、大きさはさまざまだ。ほんの少し、縁が欠けただけでも商品にはならない。だから、久助の袋詰めの中には、ほぼ形が整っている煎餅も何枚か含まれている。遥風は、パッ

と目についた比較的形の良い煎餅を手に取り、口に運んだ。

そして、相沢が淹れてくれた珈琲を一口。豊潤で香しい匂い。酸味と苦みが絶妙だ。一日の疲れが吹き飛ぶような気がした。

同窓会が終わった。

大文字の送り火の翌日から、遥風は四日間、夏休みを取った。

金融機関はお盆の間も営業しているので、職員は交代で休暇を取得することになっている。その休みの間も、遥風は優良な融資先に、いかに追加で設備投資をしてもらえるかという企画書を作っていた。

その間、雲畑からメールがあった。

〝幹事、お疲れさまでした〟

に続いて、

〝またお茶行きませんか〟

と届いた。この前、「ドリップ相沢」で、オーナーが「お前の話の通り聡明で可愛らしいお人やなぁ」と言っていたことが頭に浮かんだ。ひょっとして、これはデートの誘いなのか。でも、ついい、雲畑の「幼稚園の先生」という仕事が気になってしまった。給料はどれほどもらっているのか。将来、どんなビジョンを持っているのか。第一、経済学部を出て、幼稚園の先生とは……。

遥風は、

〝仕事が忙しくて。ごめんなさい〟

と、返事をした。

休暇明け。

遥風は、僅(わず)かながらも気持ちをリフレッシュすることができた。ところが、勢い込んで出社するなり、暗い面持(おもも)ちの谷岡(たにおか)融資係長に、「おはよう」という挨拶も抜きに話しかけられた。

「皆川さん、良うない話や。宇治川運送の社長が行方不明なんや。一緒に支店長室に来てくれるか？」

「え⁉」

遥風は予想もしなかったことに頭の中が真っ白になった。支店長は遥風たちが部屋に入るなり、眉をひそめて言った。

「電話も繋(つな)がらんし、事務所も閉まってる。十台あるはずのトラックは一台も駐車場に見当たらん。表には、何の事情も知らされとらんドライバーの人らが集まって大騒ぎや。たぶん、今日、不渡りが出る。この融資は、皆川さんがうちの店に来て、最初に手掛けた案件やったなぁ」

「あ、あ……はい」

遥風は、ショックで声が出ない。支店長は眉をひそめ、唇を噛んでいる。

「君が、『絶対間違いない先です』言うて稟議回した案件や」

助け船を出してもらおうと、隣に立っている谷岡係長をチラリと見た。小刻みに身体が震えていて、遥風をかばってくれる余裕などなさそうだった。

支店長が、遥風を睨んだ。

「宇治川運送の社長と話してて、どこか不安に感じる点はなかったんか？」

支店長は平静を装ってはいるが、明らかに言葉尻に険がある。

遥風は足がすくんだ。

「は、はい……決算書は増収増益で、今期の試算表も……」

「ええか！　数字のこと言うてるんやない。社長の素行に、何や不審な点はなかったかて訊いてるんや」

返事に詰まると、ようやく係長が口を開いた。

「支店長、すみません。彼女は金庫内でも評判になるくらい優秀やて聞いてたさかい、仕事を任せ過ぎました。私の責任です」

「もうええ、責任うんぬんより、早よ、情報集めて善後策を練らなならん」

「はい、すぐに講じます」

係長のあとについて、遥風も部屋を出ようとすると支店長に呼び止められた。

「皆川さんは、ちょっとここに残ってや。それから谷岡係長、朝倉さんを呼んでくれるか。もう話はしてあるさかい」

支店長や本店幹部を目指そうという、最初の一歩で躓いてしまった。

しかし、審査マニュアルに基づいて融資の稟議を上げ、実行されたのだ。いったい何がいけなかったのか。遥風は目眩を覚え、その場にしゃがみ込んでしまった。

「失礼いたします。お呼びでしょうか支店長」

朝倉が支店長に呼ばれて部屋に入ると、融資係の皆川がぐったりとしてソファーに座り込んでいる。

「皆川さん、大丈夫ですか?」

と声を掛けると、

「あ、はい。もう大丈夫です」

と答え、立ち上がろうとしたが、再びしゃがみ込んでしまった。

「あかん、ソファーに座っとき。様子見てあかんようやったら、病院連れてったるさかい」

「すみません……」

　支店長が、朝倉に向かって言う。

「昨日からの騒ぎは朝倉さんも知っての通り、宇治川運送の件でたいへんなことになってしもうた。私はこれから、本店へ事情説明に行かなあかん」

「お疲れさまです」

「ところで朝倉さん。お願いがあるんや」

「はい、なんでしょう」

「この皆川さんは、当金庫始まって以来の優秀な人材や」

「や、やめてください」

　皆川が、蚊の鳴くような声を出した。

「宇治川運送の件は、かなり用意周到に計画されたもんや思う。決算書はたぶん粉飾やろう。私も見破れんかった」

　皆川は、ふらつきながらも立ち上がって言う。

「ふ、粉飾⁉」

「朝倉さん、皆川さんに決算書だけではわからん与信審査の方法を教えてやってほしいんや。要するに人物、人そのものの見方やな」

朝倉は、戸惑いながら答えた。

「私はただの案内係です。支店長のお言葉は光栄ですが、実は人に教えるんが苦手（にがて）なんです」

「そないに謙遜（けんそん）せんでもええやないか」

皆川が、キョトンとして支店長に尋ねた。

「あのう……謙遜て」

「なんや、知らんかったんか？　朝倉さんはなぁ、以前は『京洛信金に朝倉あり』て言われたバンカーやったんや」

「え⁉」

朝倉は顔が真っ赤になるのを覚えた。

「やめてください支店長」

「まあええ、皆川さんの教育係、頼みましたよ」

支店長は、押し切るように言うと、本社へ出かけてしまった。


翌日、透は勤め帰りに母親を訪ねた。

この前頼まれた、「和久傳（わくでん）」の「蓮（はす）もち」を買ったので持って行くためだ。その名の通り、蓮の根からとれる蓮粉と、和三盆糖蜜を練り上げたお菓子で、とろりとした口あたりが、一度食べたら癖になる。

「はい、買うて来たで。食べ過ぎんようにしてや」

「なに言うてるんや。蓮の粉は元々、漢方では胃腸の薬や。それ以外にも気持ちを落ち着ける効果もある。心配せんでもええ。それよりトオル、なんや悩み事があるんと違うか？」

「お母ちゃん、なんでわかるんや」

「小さい頃から、困ったことがあるとすぐに顔に出るさかい。鏡見てみぃ。どないに暗い顔してるか。いったい何があったんや？」

まったく、母親にはかなわない。透は、事の次第を話すことにした。

皆川の教育係を命じられた件だ。それだけではない。その発端となった宇治川運送の破綻は、自分が食い止めることができたかもしれなかった。皆川さんに、社長の素行を再調査するように、もっと強く進言すればよかった。いや、融資係長か支店長に直接、「かくかくしかじか」と報告すべきだった。

しかし、自分はしょせんお客様案内係に過ぎない。融資先に口を出すのは越権行為だ。その葛藤が結局、支店に大きな損失を与えることになってしまった。

もちろん社外秘なので、具体的な名前はすべて伏せて話した。

「それもあって、教育係を引き受けることにしたんや」

そう零(こぼ)すように言うと、母親は一言呟(つぶや)いた。

「そういう時には、もも吉お母さんや」

そう言われて、パッと頭にもも吉の顔が浮かんだ。

(そうや、そうやった。困った時のもも吉お母さんや)

もも吉は、母親が回っていた配置薬のお客様だった。歳は、母親の方が十ほど上だが、よほど馬が合うのか友達のような付き合いをしていた。透も何度か母親に、もも吉が営(いとな)む甘味処「もも吉庵(きちあん)」に、連れて行ってもらったことがある。もも吉は、花街(かがい)の人たちに親しまれ、様々な悩み事の相談に乗っていると聞いていた。早速、透はもも吉に連絡を取ってみることにした。


「皆川さん、ちびっとええかな」

休憩室で、昼休憩(きゅうけい)にお弁当を食べていると、朝倉に声を掛けられた。

「はい」

「急なことやけど今日、仕事が終わったあと、つき合(お)うてほしいところがあるんや」

「今日ですか?」

「あんたに紹介したいお人がおるんや」

遥風は、どう答えていいのか戸惑った。

遥風は、金庫の仕事が終わると、朝倉の後ろについて京阪電車に乗った。祇園四条駅で降りて地上に上がる。

花見小路を下がり、小路を左へ右へと曲がると、一軒の町家の前で立ち止まった。朝倉は格子戸をガラッと開け、点々と続く飛び石の上を奥へ奥へと進んだ。遥風は緊張して朝倉のあとを付いて行く。上がり框を上がって襖を開けると、店内にはL字のカウンターに丸椅子が六つ並んでいた。

「朝倉はん、ようおこしやす」

「もも吉お母さん、こんばんは」

カウンターの向こう側に座る女性が、畳に手をついて挨拶した。

こういう女性を気品があると言うのだろうか。

「皆川さん、こういうところは初めてやろ」

「はい……テレビで見たドラマの世界のようです」

「もも吉お母さんはなぁ、十五で舞妓、二十歳で芸妓にならはってなぁ。その後、ここでお茶屋の女将をしてはったんやけど、今は衣替えして甘味処『もも吉庵』を営んではるんや」

朝倉が言う。

「母がお世話になってます」

「いえいえ、うちの方がお世話になってます。多祢さんとおしゃべりするんは楽しゅうて、楽しゅうて。つい先日も、老人ホームへ遊びに行かせてもらいました。なんや、あんさんのこと言うてはりましたえ。『親孝行させてくれ言うて、うるさい息子や』て。感心なことどすなあ」

「いや、冗談で言うてるんやないんです。幼い頃から苦労のかけ通しやったさかい、何かおふくろのためにしてやりたいんです。この前も、せっかく有馬温泉連れて行こう思うて……予約もしてあったのに」

「断らはったんやろ」

「はい。近くの健康センターで充分やて」

「まあ、多祢さんらしいなあ」

どうやら、朝倉ともも吉は、かなり深い付き合いらしい。しかし遥風は、茶亭のような趣のある店の雰囲気に呑まれてしまい、小声で名乗るのが精一杯だった。

「私、朝倉さんと同じ京洛信用金庫の皆川遥風といいます」

表には看板も暖簾もなかった。きっと、「一見さんお断り」に違いない。

「朝倉はんからよう伺うてますえ。えろう優秀なんやてなぁ」

「え⁉」

遥風は戸惑った。

ついこの前、金庫に大きな損失を与えてしまったばかりだというのに、「優秀」と言われてもただの皮肉にしか聞こえない。

「さあさあ、挨拶はええからそこ座りなはれ。今、甘いもん拵えますさかい」

いっとき奥の間に下がったもも吉が、お盆を持って現れた。清水焼の茶碗を二人の前に置く。

「いただこか、皆川さん。もも吉庵名物の麩もちぜんざいや」

落ち込んでいて食欲はないが、朝倉に促され、遥風はふたを取った。湯気がふわっと立ち、小豆の香りが鼻孔に抜ける。木匙を取り、口へと運ぶ。

「美味しい」

思わず声が出た。緊張が解ける気がした。続けて木匙を使う。

「もっちりしてやわらこうて、こないに美味しい麩もち食べたんは初めてです」

「それはよろしおした。実はなぁ、あんさんに引き合わせたいお人がいてますんや」

いったいどういうことか。朝倉が紹介したいと言ったのは、このもも吉ではなかったのか。

「先方はお待ちや。さあ、一緒に出かけますえ」

「え、どちらへ？」

朝倉が、もも吉の代わりに答えた。

「皆川さんが、今、美味しいて言わはった『麩』のお店や」

タクシーを降りると、趣ある暖簾が目に飛び込んできた。

「京麩　半兵衛麩……」

「そうや、うちのぜんざいの麩もちは、わがまま言うて、こちらで特別に誂えてもろうてましてなぁ」

遥風は少しばかり、気が昂ぶっていた。というのも、幼い頃から、母親が『半兵衛麩』のやき麩やもち麩を使った料理を、食卓に並べてくれていたからだ。もちろん、大好物だ。母親から何度も聞かされていた。「『半兵衛麩』さんはなぁ、元禄二年（一六八九）創業の三百年以上も続く老舗なんよ」と。

その都度、思ったものだ。そんな長い年月の間には、さまざまな苦難があったはずだ。飢饉、不況、大火事や震災、そして明治維新の混乱。その中を潜り抜けてきた会社である。金融の仕事に就いてから、「会社が潰れることなく存続する秘訣はどこにあるのだろう」と強く興味を抱いていた。

まさか、その会社に連れて来てもらえるとは……。朝倉が、遥風に言う。

「皆川さんの教育係を頼まれたのはええけど、正直、人に教えるほど私は優秀やない。困り果てて、もも吉お母さんに相談したんや。そないしたら、『半兵衛麸』さんで話を聴かせてもらうんが一番やて言わはって、『まさしく！』と膝を打ったんや」

どういう意味か、さっぱりわからない。

暖簾をくぐると、笑顔で出迎えてくれたのは、玉置剛社長だった。

「ようおこしやす、みなさん。お待ち申し上げておりました」

遥風は緊張して名刺を交わす手が震えた。もも吉が挨拶も早々に、玉置社長に微笑みを浮かべつつ言う。

「電話で事情はお話しさせていただいた通りです。このお嬢さんに、『半兵衛麸』さんのお仕事や歴史のこと説明してあげておくれやす」

玉置社長は、こくりと頷き、

「外ならぬ、もも吉お母さんの頼みや。かしこまりました」

応接室に通されると、早々に玉置社長は遥風に向かって話し始めた。

麩は小麦粉から作るのだという。

遥風は、好きな食べ物なのにそんなことさえも知らず、恥ずかしくなった。

小麦粉に水を加えて練り、いったん寝かせたあと、大量の水ででんぷんを洗い流す。やがて水が濁(にご)らなくなった時、強い粘(ねば)りと弾力(だんりょく)のある塊(かたまり)ができあがる。それが麩の主原料の小麦たんぱくだ。なま麩は、その小麦たんぱくにもち粉を加えて蒸し、それから水で冷やす。やき麩は、小麦たんぱくに小麦粉を加えた生地(きじ)を釜に並べて焼く。いずれも単純な工程に見えて難しいという。

「毎日、同じ小麦たんぱくはできまへん。三百六十五日、気温や湿度が違います。蒸(む)すのも冷やすのも、また焼くのも毎日、その状態が日々、刻々と変化するので職人が経験から肌で学び取っていくしかないのです。そやから、それを習得して一人前の職人になるのにどうしても十年はかかってしまうのです」

(十年やて⁉　自分など就職してまだ三年ほどだ)

想像を超えた年数に驚き、遥風はつい心の中の疑問を口にしてしまった。

「社員が一人前になるのを、十年も待っているなんて、そんなにのんびりしていたら経営が傾いてしまいませんか」

「あはは、正直なお嬢さんや。でも心配いりまへん。それは家訓に基づくものやからです。うちの店の商いは江戸時代の石門心学の開祖・石田梅岩先生の教えを基としております。その一つが我が社の家訓にもなっている『せんぎこうり』です」

石田梅岩……たしかその名前は大学入試の日本史の模擬テストでも出たことがある。でも、名前だけで詳しくはわからない。

「え⁉　せんぎこうりって？」

「『義を先にして利を後とする』という意味で『先義後利』と書きます。義とは正しい道のことです。商いの正しい道とは、お客様のお役に立てることを考え、お客様に喜んでいただき、そのお礼としてお代を頂戴するということです」

先義後利。

初めて耳にした言葉だった。遥風は率直に尋ねた。

「あの～『正しい道』ってどないなものなんでしょう」

誰でも間違った道など歩きたくないはずだ。「正しい」と言われても漠然とし過ぎている。

「よくぞ聞いてくれました」

と、社長は瞳を輝かせて、

「先代の半兵衛が、まだ幼かった頃に先々代から聞いた『聞き書き』がありまして。そこにこんな逸話が残っております」

と、話し始めた。

「ある日、先代が父親からおやつに『あられ』をもらって食べていると、『小さいのや割れてる物から先に食べなあかん。自分が悪いのを食べて、他人に良いのを食べてもらえるようにするんや』と注意されたんやそうです。人と付き合う上での心構えですね」

玉置社長は、さらに話を続けた。

「実は、この逸話は、自分自身にとっても大きな意味があるんです。『面白ろないことや嫌なことは先に済ませてしまいなさい。例えば、夏休みの宿題も、あとであとでとほっておいたら、休みが終わる前に慌てることになる。先にやっておいたら、宿題気にせんと遊べるやろ』という教えでもあるのです」

遥風は、なるほどと感心した。とはいっても、それはあくまで子どもに対する躾の話に過ぎないのではないかと思った。

玉置社長は、そんな遥風の心を見透かしてか、さらに話を続けた。

「先代も父親にこう言い返したそうです。『夏休みはたくさんあるし、休みになったら早よ泳ぎに行きたいやん』と。その気持ちは、大人の私でもようわかります。実は、この先代の話には続きがあります。皆川さんは信用金庫にお勤めやそうやから、ご存じかもしれまへん」

「え⁉　私も知ってる話ですか……」

　玉置社長は、話を続けた。

「ある時、ある銀行員がお金を借りに来た人を応接室にお通しして、お茶と空豆の炒ったんをお菓子としてお出ししたそうです。お客さんはお金借りに来てはるんやから、お茶もなかなか飲まれはらへん。ましてやお菓子をポリポリ食うわけにもいかへん。最初は遠慮されてたお客様も、銀行員がお腹空いてはるんかいくつも食べはるので、つい、釣られて空豆に手を出したんやそうです」

　遥風は、いつしか体半分前のめりになっていた。

「炒った空豆は、大きいのや小さいの、片方だけになったんや皮からはみ出たもんが、綺麗なもんに混じってました。銀行員は、お客様がどの空豆に手を伸ばすか、さりげのう観察してはるんやそうです。綺麗な空豆を摘まんだ人にはお金は絶対に貸さへん。反対に、形の悪いもんから食べる人に、お金を貸したそうです。なんでか、わかりますか？」

　まるで一休さんの頓智のようだ。遥風はすぐに答えることができなかった。

「悪いもんから片付けて行く人は、早う借金を返そうとするもんやからです。反対に綺麗な空豆から食べる人は、借りたお金をいつまでも気にならんとそのままにしてしまう」

遥風は、なるほど、と思った。

でも、つい「本当にそんなんでわかるんですか」と口にしたその時だった。

もも吉が一つ溜息をついたかと思うと、着物の裾を整えた。背筋がスーッと伸びる。帯から扇を抜いたかと思うと、小膝をポンッと打った。ほんの小さな動作だったが、まるで歌舞伎役者が見得を切るように見えた。

「あんさん、この話、こじつけやと思うたんやありまへんか？」

「え⁉」

遥風は息を呑んだ。もも吉が続ける。

「これは人の生き方、正しい心を見定めるための譬え話や。人は長いこと生きてると嫌な人に会わなならんこともあります。断りや謝りに行かななならんこともあります。それを、気ぃが進まんから、面倒やからと明日、明日と先延ばしにしていたら、胸の辺りが重うなるもんや。気ぃが入ってへんと良えもんも作られへん。商いにも身ぃが入らへん。でも、良えもんが出来上がれば、お客様が喜んで買うてくださる。すると、嬉しい。嬉しいと、嫌なことを先にサッと済ませて、もっと良えもん作ろうと努力する。この繰り返しが大事なんや。嫌なことから片付ける習慣いうんは、大人になって商いをする時に役立つという教えなんや」

遥風は目から鱗が落ちた気がした。

「ようやくわかりました」

何か、胸のつかえが取れたように、素直に返事していた。

玉置社長が、遥風を見て微笑んだ。

「よろしおしたなあ。なんや少しでもお役に立てたらしい」

朝倉が、遥風の眼を見つめて言う。

「たしかに数字は重要や。そやけど、それがすべてやない。会社いうんは人の集まりや。社員を引っ張って行く、社長の生き方が正しいか否かを見極めることを忘れてはあかんのや。それはほんの些細なことからも見て取れるもんや。わかるな皆川さん」

「はい！」

「宇治川運送さんのことは勉強や思うたらええ。しくじったら、悔やむよりもこれからに生かせばええんや。それはそうと明日、朝一番で一緒に、『ドリップ相沢』さんをお訪ねしよか？　相沢宗春さんいうお人、そしてお店と、そのお客様を実際に見てみたらええ。先義後利ゆう眼ぇでなあ。そうや、空豆買うて、手土産に持って行こか？」

「え？」

「冗談や、冗談、あははは」

遥風は、背筋を正して答えた。

「ありがとうございます。そやけど、今のお話聴いて相沢さんのお人柄がええこと、わかってしまいました」

「なんやて？　どういうことや？」

朝倉は、瞬きして首を傾げた。

「久助持って、一人でお訪ねします」

「久助やて？」

もも吉が、微笑んで遥風を見つめる。

「朝倉はん、うちも何のことかようわからしまへんけど、この娘さんはもう大丈夫なようどすえ」

「そやな、皆川さんの眼ぇ見たらわかる。別人のようや」

遥風は、頬が火照るのを感じた。もちろん、まだまだである。一から、「人の道」を学び直そうと心に誓った。

半兵衛麸を辞すと、もう九時過ぎになっていた。

透はもも吉、遥風と共に、世話になった玉置社長に深くお辞儀をして通りへと出た。タクシーを拾おうとして、五条通に立っていると、

「朝倉さん！」

と、呼ぶ声がして振り向いた。玉置社長が駆けて来る。

「朝倉さん、お母さまによろしゅう。この前は、ぎょうさんご注文いただきまして、おおきにとお伝えください」

「え？……うちの母のこと、ご存じなんですか？」

「ご存じもなにも、ずいぶん前から仲良うさせてもろうてます」

朝倉は、言葉を失った。

もも吉が、すぐそばで微笑みを投げかけている。親孝行をさせてもらえないどころか、どうやら母親の手の中で転がされていたようだ。そうなのだ、今日の訪問は、母親がもも吉と玉置社長に頼み込んで仕組んだことだと、透はようやく気付いた。

翌日、遥風は仕事を早く終えると雲畑の職場の幼稚園を訪ねた。幼稚園と聞いていたので、自分が通っていたような、小さな建物を想像していた。ところが、小学校のように大きいので戸惑ってしまった。

入口で呼び出してもらうと、すぐに雲畑が飛んできた。

「急にどうしたんや、皆川さん」

昼の休憩の時に、〝夕方、幼稚園まで行ってもいいですか〟とメールしたのだ。

「お茶……ううん、夕ご飯でもどうかなて思うて」

「な、なんやて、僕のこと、からこうてるんか？」

「真面目よ」

「せやけど、この前、デートに誘ったら断ったやないか？」

「お茶飲みに行こ」というのは、やはりデートのつもりだったのだ。

「思うところがあってね。なんというか、人を見る眼ぇいうんを、人生の大先輩に教えてもろうたから」

遥風は、そう思わせぶりに言いながらも、ついニヤニヤしてしまう。

「なんや気持ち悪いなぁ。そやけどもちろんオーケーや。後片付けしたら帰れるさかい、待っといてや」

そう言うと、奥の部屋へと小走りに消えた。しばらくして、若い女性がやって来た。遥風に訊く。

「失礼します。園長先生、こちらにいらっしゃいませんでしたか？」

遥風は、首を振り、「いいえ」と答えた。

「おかしいなあ、どこ行かはったんやろ」

遥風は、まさかとは思ったが、思い切って尋ねた。

「あの～園長先生って、私と同じくらいの歳の」

「ええ、そうですよ」

「え⁉　雲畑賢友君……」

「はい。大学生の時にお父様が突然亡くなられまして、後を継がれたんです。最初は、幼稚園のこと何もわからへんと、ずいぶん苦労なされたようです。今では、頼りがいのある立派な園長先生ですけど」

遥風は、なんだか恥ずかしくなった。京大を出て幼稚園の先生をしているということを、心のどこかで見下(みくだ)していたからだ。自分のことを棚に上げて……。雲畑は、きっと先義後利を心掛けて幼稚園経営に取り組んでいるに違いない。

そこへ、奥の方から大きな声が聞こえた。

「皆川さ～ん、お待たせ～」

雲畑が、にこにこ笑ってやって来た。遥風は、曇りのない真っすぐな気持ちで雲畑に歩み寄った。

透が、出社して店の前を掃除していると、スマホが鳴った。

「おはようさん」

「あっ、お母ちゃん、おはよう。何かあったんか？」

「たいへんなことになったんや」

「回りくどい話はええ、どないしたんや」

透は、身体の具合でも悪くなったのかと心配した。

「健康センターのボイラーが壊（こわ）れてしもうたそうなんや」

「それがどないしたんや」

「それでなぁ、毎週、楽しみにしてたのに温泉に入られへんようになってしもうた。ほんまはお前の世話になるんは嫌なんやけどなぁ」

まったく何が言いたいのかわからない。ついつい、大声になってしまった。

「忙しいんや。これから店の周りと河原の掃除して、ポットにお湯沸かして……」

「そやからなぁ、有馬温泉連れてってくれへんか？」

「え？」

「トオル、この前は堪忍（かんにん）や。予約してくれてたなんて知らへんかったさかい」

透は、返事ができないまま、箒とちりとりを手に裏口の倉庫の前に立ち尽くした。

「トオル！　おまえ、母ちゃんの話、聞こえてるんか？」

透は、向こうからやって来た通行人に気付かれないように、シャツの袖口で涙を拭（ぬぐ）った。やはり一生、この母親にはかなわないと思いながら……。

「トオル、トオル！　どないしたんや、聞こえてるんか？」

第三話　祇園会の会議は踊るおもてなし

「ほら、もう時間よ」

「うう～ん……」

「さあ、起きて！　行くわよ！」

斉藤朱音は、

「ねえねえ、どう？　どう？　お婆ちゃん？」

と答え、椅子からスックと立ち上がった。

後ろの方の席から、店内の他のお客さんがクスクスッと笑う声が聞こえた。

「お婆ちゃんやて」

「ふふふ……」

どうやら、うたた寝をしていたようだ。と同時に、「もう時間よ」と起こしてくれたのが、若王子だということにも気付いた。慌てて椅子に座る。顔が燃えるように火照った。若王子が、朱音に顔を近づけて言う。

「失礼な子やなあ。うちはあんたのお婆ちゃんやないで」

「ご、ごめんなさい……」

「いったいどんな夢見てたんや。何べんもお婆ちゃん、お婆ちゃんて言うてたで。あんまり気持ち良さそうやったさかい、起こすんが気の毒になってしもうたわ。お水飲んで、シャキッとしぃ」

「は、はい」

コップに手を伸ばす。ところが、水滴で手が滑って倒してしまった。テーブルは水浸しだ。若王子が店の奥に向かって大声で叫ぶ。

「布巾貸してくださ〜い」

「すみません……」

「もう、この娘はほんまドジなんやから」

朱音は、このあと、夜に行われる「祇園祭黒子会」の第一回会議の準備に出かけることになっていた。そこで、若王子と一緒に、「祇をん萬屋」で早めの時間に腹ごしらえをしておくことにした。ここの名物は、なんと言っても「ねぎうどん」だ。京風だしに、これまた京野菜の九条ねぎが器一面に載っている。うどんが見えないほどに。あまりにも美味しくて、朱音は汁まで全部、飲み干してしまった。

連日の仕事の疲れに加えて、お腹がいっぱいになった。

すると、急に睡魔が襲ってきた。

夢の中に落ちていくのを感じながら、朱音は「ああ、またあの夢だ」と思った。

就職して京都に来て以来、何度も何度も、同じ夢を繰り返し見るのだ。

朱音は、お婆ちゃん子だった。父親を早くに亡くし、母親が介護施設と居酒屋を掛け持ちで働き、家計を支えてくれた。そのため、小学校から帰ると、お婆ちゃんがおやつを用意し、宿題も見てくれた。

三年生か四年生の、梅雨の頃のことだったと思う。「今日のおやつは何だろう」とわくわくして帰宅すると、居間の畳の上で、座布団を枕にしてお婆ちゃんが横になっていた。子どもながら、具合が悪いことはすぐにわかった。

「大丈夫？　お婆ちゃん」

「ああ、雨が降り続くと頭が重くなるんだよ。心配ないよ」

たしかその年は、梅雨入りと同時に雨が幾日も降り続いた。朱音は、何もできない自分がもどかしくて、お婆ちゃんの背中をさすった。

「朱音はやさしいねぇ。それじゃあ、お茶を淹れてくれるかい。できるかな？」

「うん」

「身体が冷えてるから、ちょっと熱めにしてくれるとありがたいねえ」

幼い頃から、五つ年上の兄とよく家事の手伝いをしていた。だから、お茶を淹れるくらいなんでもなかった。湯飲みを差し出す。

「はい、お婆ちゃん」

お婆ちゃんは起き上がって、フーフーッと冷ましながら一口すすった。

「うん、美味しいよ、朱音。上手に淹れてくれたね」

朱音はお婆ちゃんに褒められて、舞い上がるほど嬉しかった。学校から家に飛んで帰った。

その翌日も、お婆ちゃんにお茶を淹れてあげたくて、昨日と同じように、薬缶に湯を沸かしてお茶を淹れた。

「どう？　美味しい？」

「うん、美味しいよ」

お婆ちゃんが微笑む。

「よかった～」

朱音は、これから毎日、お婆ちゃんにお茶を淹れてあげようと思った。ところが、お婆ちゃんが、朱音の眼をじっと見つめて言った。

「でもね、昨日の方がちょっぴり美味しかったかな」

「え？　……」

朱音は首を傾げた。今日も、昨日とまったく同じ淹れ方をしたのに……。お婆ちゃんは微笑んでいるのに、なんだか叱られているような気分になった。朱音は、お婆ちゃんに、意外なことを聞かれて戸惑った。

「昨日はどんな日だった」

「え？　どんな日って……」

「お天気のことだよ」

「ええっと……ずっと一日、しょぼしょぼと雨が降ってた」

「そうだね、小寒い日だったね。それでお婆ちゃんは、押し入れに仕舞った厚手のカーディガンを引っ張り出してきて羽織(はお)ったんだよ。でもね、今日はどんな日だい？」

「晴れてる」

学校へ行く時は、まだ雨が降っていたが、二時間目の頃にはもう青空が広がっていた。そのため、朱音は学校に傘(かさ)を忘れてきてしまった。

「寒いかい？」

「ううん、長袖のシャツの袖をまくってちょうどいいくらい」

「おかげで、お婆ちゃんも身体の調子がいいみたいだよ。だから、あんまりお茶は熱くないほうが嬉しかったかな」

それが始まりだった。次の日から、どうしたらお婆ちゃんに「美味しいねぇ」と言ってもらえるか、そればかり考えるようになった。毎日のお天気はもちろん、お婆ちゃんの様子を窺(うかが)ってから、お茶を淹れる。

夏になると、麦茶を作って冷蔵庫に入れておくのが朱音の仕事になった。お婆ちゃんだけでなく、母親と兄の好みも聞いて、麦茶の濃さを変えたりもした。

「ねえねえ、どう？　どう？　お婆ちゃん！　美味しい？　ねえねえ、朱音の淹れたお茶、美味しい？」

それが、いつしか口癖になった。でも、いつもお婆ちゃんの答えは同じだった。

「美味しいよ、朱音。ありがとうね」

「ほんとにほんと？　どう？　どう？　お婆ちゃん！」

いつも、ここまでで夢が覚めてしまう。たしかに夢の中のお婆ちゃんは、いつも笑顔で「美味しいよ」と言ってくれる。でも、朱音には、

「もう少し考えてごらん。きっと、もっともっと美味しくなると思うよ」

と、天国のお婆ちゃんが言っているように思えてしまうのだ。

朱音は大学在学中、ずっと「ノロマでダサイ」と言われ続けてきた。

ちょっとぽっちゃりめで背が低い。運動音痴（おんち）で、芸術センスもさっぱり。ファッションを気にしたことがなく、アクセサリーもほとんど持っていない。

そんな朱音は大学卒業後、京都の「風神堂（ふうじんどう）」に就職した。

安土桃山（あづちももやま）時代創業の老舗（しにせ）和菓子店だ。銘菓「風神雷神（ふうじんらいじん）」は進物（しんもつ）の高級ブランドとして知られ、大手百貨店にも出店している。さらに、東京の銀座店に併設のカフェはセレブ御用達（ごようたし）。就職人気ランキング上位の会社なので、大学の友人たちは驚き、

羨ましがられた。採用通知が届いた時には、自分でもびっくりしてしまった。

お婆ちゃんも、我が事のように喜んでくれた。

仕事に慣れたら京都へ招待し、金閣寺や清水寺を一緒にお参りする約束をしていた。なのになのに……入社する直前に、心筋梗塞で亡くなってしまったのだった。

お婆ちゃんに、もっとお茶を淹れてあげたかった。

もう一度、あの梅雨の日のように「上手に淹れてくれたね」と言ってもらいたかった。朱音は、お婆ちゃんの夢を見るたび、心が締め付けられるように苦しくなる。


「風神堂」に入社すると試練が待っていた。

工場や店頭などの現場研修で、どの部署でもミスを連発した。一生懸命にやっているつもりなのだが、生来の不器用の上に、先輩たちの作業にスピードが追いつかない。すると焦る。さらにへまを犯す。そんな悪循環が続いた。

にもかかわらず、現場研修のあと、社長秘書の辞令が下りた。大抜擢である。社内の誰もが「なぜ?」と首を傾げた。「コネ入社じゃないの」という噂も耳に入った。案の定、毎日が、プレッシャーとの戦いだ。押しつぶされそうになり、鴨川のほとりで何度も泣いた。

風神堂では、花見や紅葉、それに祇園祭などの繁忙期になると、本社の総務部、広報部など間接部門の人たちも市内の各店舗へ手伝いに駆り出される。もちろん、社長秘書の朱音も例外ではない。朱音がたびたび派遣されるのは、四条通に面する「風神堂南座前店」だ。

ここでも、朱音はみんなの足を引っ張った。いくら練習してもお菓子の箱を上手く包装することができないのだ。どれほど包装紙をくしゃくしゃにして無駄にしたことかわからない。若王子美沙副店長には、叱られるのを通り越して、呆れられてしまっている。

それでも朱音は、懸命に働いた。

へこたれた時、心の支えになっているのが、尊敬する甘味処「もも吉庵」の女将・もも吉から教えてもらった生き方だ。それは……。

「頑張る」のではなく、「気張る」ということ。

周りの人たちを巻き込んで、助けたり助けられたりして、いろいろな考えを一つにまとめて自分の力を発揮する。働くというのは、周りを「気」遣って「張」り切ることだという。だから、花街では、

「お気張りやす」

が、「おはよう」「こんにちは」と同様に、挨拶になっているという。

今では「気張ること」が、朱音の信条だ。そんな努力が少しは実ってきたのか、ときどきお客様から感謝されることがある。

ある日、店頭で、老夫婦に「建仁寺へはどう行ったらいいですか？」と尋ねられた。

旅行者らしく、大きな荷物を手にしている。お店からすぐ近くではあるが、荷物を持ってあげて道案内をした。山門のところで、何度も何度も「ありがとう」と言われ、あげくに「何か甘い物でも買って食べて」とお礼を渡されそうになった時には困ってしまった。でも、誰かの役に立つこと、そして、感謝されることに、何より働く喜びを感じた。

これも、「お婆ちゃんを喜ばせたい」という一心で、美味しいお茶を淹れていたことと、どこかしらで繋がっているような気がして、嬉しくなった。

もっとも、店に戻るなり、「どこ行ってたんや！」と若王子には大目玉を食らってしまったが……。

さて、この春のことだ。

朱音が「風神堂南座前店」の店頭で、常連のお客様の接客を終えると、奥にいた若王子に手招きされた。また失敗をして、叱られるのかと思って身構える。

「今、本社へ打ち合わせに行ってたんや。そないしたら、社長室に呼ばれてなぁ」

若王子は、なぜか興奮気味に見えた。勢いよく誇らしげに続けてしゃべる。

「今年からこのビルの三階の会議室で、『祇園祭黒子会』の会議が開催されることになったそうや」

「はあ」

「それでな、うちと斉藤さんに、会議の幹事を任せるさかい、あんじょうよろしゅうにて、直々に京極社長から命じられたいう訳や。これは名誉なことやでぇ」

「……はあ」

「あんた、はあはあて、わかって話聞いてるんか？」

「あの～『祇園祭黒子会』てなんですか？」

「なんやて？」

若王子は、まるで吉本新喜劇の役者がコケた時のように、ガクッと身体を傾けた。

「ごめんなさい……」

今日の若王子は、よほど機嫌が良いらしい。笑顔で事細かに説明してくれた。

「黒子会いうんはなぁ、祇園祭の裏側で、歌舞伎の黒子みたいに見えへんところで働く有志の集まりなんや」

七月一日から一か月間にわたり、祇園祭が開催される。

その中でも山鉾巡行は、祇園祭でももっとも有名な行事だ。その様子は全国のニュースにもなる。そのため、祇園祭は京都の人たち全員のお祭りだと思う人が多いが、それは勘違い。祇園祭は、八坂神社の祭礼なのである。八坂神社の氏子が住む地域のお祭りで、同様に、伏見稲荷や北野天満宮など、神社ごとにその地域の氏子のお祭りがある。

また、祇園祭の鉾や山を維持管理している町のことを、山鉾町と呼んでいる。「長刀鉾町」「函谷鉾町」など、山鉾の名前が町名になっている町も多い。山鉾は「動く美術館」と呼ばれるように、豪華絢爛な飾りつけが施されている。その町々の商家が財を尽くし誂えたもので、山鉾町の人たちにとって山鉾は誇りなのだ。

いつの頃のことかは定かではない。北野天満宮の脇にある「上七軒」のお茶屋のお座敷で、商家の旦那衆数人の集まりがあった。

「わては八坂神社の氏子やないが、祇園祭のために何かでけへんかて思う」

と誰かが言い出した。すると、

「うちも前からそう思うてましたんや」

「京都にぎょうさん観光客が来てくださる。そういうお人らのためにもなぁ」

と、みんなが賛同した。しかし、何をしたらいいか思いつかない。ちょうどその頃、宵山の翌朝、街中がゴミだらけになっていることが問題になっていた。そこで旦那衆は、ゴミ拾いをすることにしたのだ。中には、子どもや孫を誘って参加した者もいたが、最初の年は二十名にも満たなかったという。何かお手伝いすると言っても、表立ってする訳ではない。「粋」の心を大切にして、こっそりと行うことにした。そこで、この会は「祇園祭黒子会」と名付けられたのだ。

年々、「わても」「うちも」と参加者が増え、何十社、何百人もの規模にまで奉仕の輪が広がった。

会に参加する病院の院長の声掛けで、医師や看護師が熱中症など急病人に対応するために、街角に臨時の診療室が設けられた。京都市内の大学生たちは、掃除だけでなく、外国人観光客の通訳や案内をしてくれている。今では、あらゆる立場の人たちが、自分にできることをして祇園祭が無事に開催されることを祈りつつ奉仕する団体へと規模が膨らんだ。

その「祇園祭黒子会」は、祇園祭が終わった翌月八月の最終土曜日の夜に、来年の祇園祭に向けての第一回の会議が招集される習わしとなっていた。

「そういう訳や。この会議には、京都でも名の通った旦那衆が何人も参加されるんや。それだけやない、総合病院の院長さんや有名なお寺のお坊さん、大学の偉いセンセ、元華族、有名な庭師や仏師も参加されるんよ」

「へえ〜、そうなんですね」

「へえ〜て、あんた。鈍いんか、よほど大物なんか、わからん娘やなあ。うちなんか、普段、会えへん人らに会える思うだけで緊張してしまうのに」

朱音は若王子の話を聞き、頭の中はすでに当日のおもてなしのことを考えていた。

（どうしたらみなさんに、美味しいお茶を召し上がっていただけるだろう）

と。部屋掃除や椅子とテーブルの配置だけでなく、お茶菓子、おしぼり、飲み物はどうしようかと、頭の中がグルグルと回り始めていた。

（お婆ちゃん、お婆ちゃん、朱音、どうしたらいいの？）

「あ〜胃が痛うなってきた」

「夢遊はん、あんたそないに気が小そうて、よう『桔梗流』のお家元が務まってますなぁ」

と、カウンターの向こう側に座るもも吉が呆れたという顔つきで言う。

もも吉の着物は夏塩沢。近寄ると、薄いいくつもの色が縦縞になっているのがわかる。それに、市松模様の帯に、赤の帯締めをしている。

「もも吉お母さん、それは誤解です。茶道は物心ついた時から嗜んできましたから、もうかれこれ三十年以上も経ちます。それこそ、茶杓も袱紗も、自分の身体の一部やと思えるほどになってます。そやけど……」

ここで、庭師の親方、山科仁斎に尋ねられた。

「夢遊はん、『そやけど』て、どないしたんや」

「今度の土曜日の『祇園祭黒子会』のことです。京都でも名だたる御仁が集まる会です。僕に議長が務まるか心配でならんのです」

もも吉が不思議そうな顔つきをした。

「夢遊はん、おかしなこと言わはりますなぁ。お茶を点てはったら、一流企業の社長はんや京都市長をはじめとして、どないな偉い肩書のあるお人らも唸らせるて聞いてますえ」

「いえいえ、冗談やのうて、ほんまに心配で仕方がないんです」

そう言い、夢遊は深い溜息を漏らした。

明智夢遊は、茶道「桔梗流」家元の嫡男に生まれた。明智光秀の流れを汲む一族で、その家紋「水色桔梗」に由来して「桔梗流」という名がつけられている。

夢遊は、つい先ごろ、父親の夢旦から宗匠を継いだ。宗祖より数えて二十一代目になる。三十半ばという若輩でありながらも、家元を継承する試験では、その実力・風格を試験官らに認められて合格した。

ところが、である。

宗匠を継承してすぐに、悩み事を抱えるようになった。宗匠となると、様々な「役」がまるでセットのように付いてくる。外国との文化振興の親善大使。私立大学の特任講師に理事会の評議委員。地元の少年野球連盟や博物館の理事も務めており、その役職は十指に余る。すべて父親の夢旦から引き継いだものだ。

「桔梗流家元」という肩書を重んじられての名誉職が大半だが、会議に参加すれば意見を求められる。その際、「みなさんのご意見に従います」とか「前例の通りに」と言えれば、何の問題もないのだが……。

おそらく、責任感が強いという性分のせいなのだと思う。

「役」に就いている以上、「役に立つ」発言をしなくては、と考えてしまうのだ。そこで、会議が近づくと、猛烈に勉強する。どの「役」も新参者だ。その分野はあまりにも多岐にわたり、勉強が追いつかない。夢遊は、宗匠になることがこれほどまでにしんどいとは、思ってもみなかった。今になって、その職を三十年余りも続けてきた父親を尊敬するばかりだ。

　そんな中、「祇園祭黒子会」の会議を前にして、父親からこう告げられた。

「黒子会は、他のお役とは違うてるさかい、気ぃ張って臨まんとあかん。運営役を務める議長やからなぁ。毎回、必ずと言っていいほど会議が紛糾するんや」

　実は夢遊は、黒子会はボランティアなので気楽な会だと思い込んでいた。議長という立場上、意見を求められることはないはずだ。それに参加者は、分別をわきまえた各界のお歴々ときている。会議と言っても、ただの形式的なものに違いないと。

　ところが父親は、難しい顔つきで腕組みをして言う。

「ええか、黒子会にはわてでも、よう手ぇ焼かされたもんや。普通いろんな人らが集まると、みんな自分の損得勘定でものを言う。自分だけお金儲けしようとか、楽しようとか。ところが、黒子会はお金のことは誰も口にせえへん。その代わり、自分の意見が正しい思うと、我を通そうとして折り合いがつかへん。そこが難儀でなあ」

「例えば、どないなことがあったん？」

「もう十年くらい前のことや。あるお人からお揃いの法被を作りたいいう提案があった。おんなじ格好して掃除すると、連帯感が生まれるいう理由や。それに即座に反対したんが西陣の六角はんや。『そんなん着たら、〝わてら掃除してます。みんなのために、ええことしてます〟てアピールするようで、黒子や無うなってしまう』てなぁ。そないしたら、大学のセンセが『それはようわかります。そやけど、ぎょうさんの人らが掃除してる姿を見たら、観光客もポイ捨てしたらあかんな、て思てもらえるんやないでしょうか』て、言わはって。半年くらい揉めた思う。賛成派と反対派が真っ二つや。ああでもない、こうでもないて、半年くらい揉めた思う。毎回、険悪な雰囲気でかなわんかったわ。結局、着るか着ないかは、参加者の自由。そういうことで決着がついた。双方が譲り合ったんやな。それが、今も使われている、紺地の背中に『黒子』て染め抜いてある法被や。ほんまにあの時は、議長として難儀したわ」

それを聞き、夢遊は気が重くなってしまった。

「ええか、夢遊。黒子会ではみんなの意見を聞いて、それぞれの立場を損なわんよう気遣う。それが、議長の役目や。しっかり気張りなはれ」

父親は、励ましてくれた……つもりなのだろう。

しかし、それが逆にプレッシャーになり、夜も眠れなくなった。憂鬱な気持ちを抱えたまま、とうとう会議は五日後に迫っていた。なんとか少しでも、気持ちを軽くできないかと考え、今夜は「もも吉庵」を訪ねたのだった。

もも吉は、祇園生まれの祇園育ち。十五でお店出しをして舞妓に、二十歳で芸妓となった。その後、母親が急逝してお茶屋を継ぎ女将になったが、今は、故あって甘味処に衣替えをしている。

夢遊の父親がもも吉と親しいことから、幼い頃から姉の楓と一緒に、よくもも吉の家へ遊びに行ったものだ。そのため、もも吉の娘の美都子にはよく遊んでもらっていた。そう、いわば親戚のような付き合いだ。

もも吉は、花街をはじめさまざまな人たちの悩み事の相談に乗っている。夢遊も幼い頃から、芸事での悩み事があると、よく相談に乗ってもらってきた。今日訪ねたのも、ズバリ「何かアドバイスをしてほしい」と期待してのことだ。

すると、意外な先客がカウンターに座っていた。

庭師の山科仁斎だ。

仁斎の家は、江戸末期から続く庭師である。主に、神社仏閣の庭園を専門に手掛けている。家族経営で、弟子のほとんどは住み込みで働く。その多くは、他の造園業者の子弟で修業のために預っている者たちだ。

仁斎も、「祇園祭黒子会」のメンバーである。

歩道や中央分離帯の雑草を刈ることで、祇園祭を陰から支える役を担っている。筋の通らないことは一切許さない職人気質の人物だ。しかし、一方、思いやりにあふれ、我を通して他人を困らせるようなことはしない。

きっと、父親の夢旦からもも吉に、「息子を脅し過ぎたようや。励ましてやってくれるか」とでも、連絡があったに違いない。それで、もも吉が仁斎を呼んでくれたのだろう。


もも吉が、やわらかな笑みを浮かべて言う。

「仁斎はん。力になってあげておくれやす」

「もちろんや、夢遊はん。わてに任しとき」

仁斎が、夢遊に向かって頷き、拳で胸を一つ叩いた。

「たしかに黒子会では、意見が飛び交って、父君の夢旦はんには迷惑かけたこともある。その罪滅ぼしや。何かあっても、わてが話をまとめるさかいに、安心しとき！」

「ありがとうございます、親方」

夢遊は、「安心しとき」のひと言に、ほっと胸を撫でおろした。

今夜は、久し振りによく眠れそうだと思った。

仁斎は、自分では肚の据わった人間だと思っている。だが、今回に限っては、とんでもないことが起きて、右往左往してしまった。

一昨日の夜、もも吉庵を訪れた。もも吉から、「力になってあげておくれやす」と、茶道「桔梗流」家元の明智夢遊を励ますように頼まれたからだ。夢遊の父親・夢旦からも、「どうやら私が脅し過ぎたようや。あんじょう、助けてやってな」と、頭を下げられていた。

正直なところ、「何を甘やかしているんや」と思った。さまざまな困難を乗り越えてこそ、成長するというものだ。たかが、会議の議長を務めるくらいのことが心配でたまらないとは、あきれるばかりだ。

ところが、そんな偉そうなことを思っていた自分が、まさか……。

昨日は一日、台風の接近に伴い、暴風雨の対策に追われた。

仁斎の家は、伏見は東山の山裾にある。裏手には、さまざまな樹木を植えた畑が広がっている。弟子たちと総出で、まだ若い樹々にネットを被せて回った。

その庭の入口辺りには、盆栽が並べてある。中には、お客様からの預り物も多い。精気の弱った樹々を手入れして、蘇らせるのだ。樹齢百年を超えるものはざらで、その価値は金銭には置き代えられない。これらを、倉庫の中へと一斉に避難させた。大きな盆栽は重機も使い、慎重に慎重を期して作業を進めた。そして最後に、無事を祈って、庭の片隅にあるお稲荷(いなり)さんにみんなで手を合わせた。

台風は高知の足摺岬(あしずりみさき)に上陸。幸い勢力は弱く、このあと、岡山(おかやま)から鳥取(とっとり)を経て日本海に抜けるという予報だ。思うほどの風雨もない。一応、夜中に見回りに行くことにして、午前二時に目覚ましをセットし、仮眠を取ることにした。昼間の疲れのせいか、仁斎はすぐに眠りに落ちた。

ドドーンッ!

仁斎は、何事かと飛び起きた。雷鳴(らいめい)だ。

カーテンを開けて、窓の外をのぞくが雨も風もほとんど止んでいる。

ズトーン!!

続けて、ベキベキッ、メリメリという音がしたかと思うと、

バ〜ン!!!

と、まるで爆弾が落ちたような地響きがした。

何事かと、弟子たちが二階から降りてきた。暗闇の中、懐中電灯を手に表に出ると、すぐ隣に住(た)んでいる竜っさんが、「親方!　親方!」と叫びながら駆けてきた。竜っさんは、仁斎の亡き父親の一番弟子だ。

仁斎は、竜っさん、そして弟子たちと共に外に出ると、茫然として立ち尽くした。

倉庫の背にそびえていた、樹齢三百年はあろうかという楠の大木が雷に打たれていた。真ん中から、二つに裂けて割れ、その一方が倉庫の上に倒れて建物を押しつぶしていた。屋根の一部が吹き飛び、尖端は畑で育成中の若木の列に突き刺さっている。

竜っさんが、倉庫に駆け寄ろうとするのを、羽交い絞めにして止めた。

「危ない。夜が明けるのを待とう」

中には、商家の旦那衆や美術館から預っている盆栽が……。

仁斎は、目眩がして、そこに立っているのが精一杯だった。


心配でたまらなかった「祇園黒子会」が始まった。でも、仁斎がそばについていてくれるので心強い。夢遊はまず、深呼吸をして挨拶した。

「今期から、父の夢旦から引き継ぎまして、議長を務めさせていただきます明智夢遊です。みなさま、よろしゅうお頼申します」

三十名ほどの参加者が、拍手で迎えてくれて会議は始まった。

実は、会場に入るなり、不安を吹き飛ばす嬉しくてたまらないことがあった。久し振りに斉藤朱音と顔を合わせたからだ。なんでも、「祇園祭黒子会」の会場の準備を任され、テーブルや椅子の設営の他、呈茶などの気配りをしてくれるという。朱音との出逢いは、桔梗流宗家が一週間にわたって催す「桔梗茶会」の初日だった。

それは、夢遊が次の宗匠になるための試験も兼ねる重大な茶会だった。夢遊は、首尾よく試験官を務める客人から、合格の言葉を賜ることができた。ところが、この茶会でちょっとしたハプニングが起きた。

茶会が催される直前、急に空がかき曇ったかと思ったら、たらいをひっくり返したような土砂降りになった。幸い、雨はすぐに止み、ほどなく茶会は始まった。

「桔梗茶会」には、他には見られない趣向が凝らされている。明智家の裏手の木戸をくぐると、点々と乳白色の飛び石が続いている。

その両側の桔梗の茂みには、花が満開だ。

淡い紫色が続く真ん中に、細い細い路が蛇行する。

茶室へ向かうため飛び石を進み行くと、初めての訪問客は必ず「あっ」と声を上げる。腰よりも低く、膝よりも高いところで、両側から桔梗がしなだれて着物の膝辺りに触れる。触れたと言っても、ほんの僅か。触れるか触れぬかというほどのこと。歩むたび、また足に触れて花が揺れる。その小路が十メートルほど続く。かつて何代か前の宗匠と、当時の名代の庭師が「そのように」作った。それを今は、名人として名高い山科仁斎が引き継いで、守ってくれている。

　さて、茶会が終わった時、誰彼となく「妙やな」「妙や妙や」と口々に言い出した。庭から茶室に入る際には、草履を脱ぐ。小さなにじり口をくぐる前に、おのおの「濡れているであろう」着物を、懐紙を取り出して拭おうとした。

　ところが、である。

　誰の着物にも、桔梗の花や葉っぱの水滴が付いていなかったのだ。それを見なが不思議に思い、飛び石の辺りを掃除した者を呼んだ。すると、そこに現れたのは、若い女の子だった。問い質すと、おどおどしながら、こう答えた。

「お客様がこの小路を歩かれたら、きっと足元が濡れてしまうに違いないと思い、桔梗の花と葉っぱの上に溜まった雨の雫を拭いて回ったんです」

と。それが、朱音だった。

　おそらく誰にも真似のできない、至高のおもてなしだ。

　夢遊はいたく感銘を受けて、朱音に惚れ込んでしまった。

　すぐにデートの申し込みをした。朱音の勤める「風神堂」にも電話をかけた。電話口にさえ出てくれないので、夕方、裏口で帰るのを待ち伏せしたことさえある。

一つ間違えば、ストーカーで訴えられても仕方がないだろう。

何度も何度もデートに誘うが、「わたしなんか」とまともに取り合ってくれない。

姉の楓からは、

「それは、フラれたいうことや。諦めてお見合いでもしなはれ。ええ娘、うちが探してあげるさかい」

と言われている。それでも、しばしば、朱音が夢に出てくる。どうも「風神堂」の職場では、ノロマでミスばかりする足手まといの社員と思われているらしい。

(朱音ちゃんの素晴らしさは、僕がよう知ってる。諦めへんで)

そう思っていた矢先に、朱音が目の前に現れた。

これはもう、神様の思し召しとしか言いようがない。


杞憂だった。考え過ぎなのかもしれない。会議は、予想外にスムーズに運んだ。

掃除エリアの分担、参加者の健康管理、トラブル発生時の対応窓口など淡々と議題は進む。そして、最後の議題となった。

「え〜、それでは、京学ネットワークの代表・宗像亜加利さんからご提案と、その趣旨をお願いします」

「京学ネットワーク」は、市内十の大学を横断して結ぶ、大学生ボランティアグループだ。今や、「黒子会」の活動は、大学生なくしては成り立たないほど大きな存在になっている。

「皆さま、今年の祇園祭もたいへんお疲れ様でした。京都を代表するお歴々の皆さまの末席に、私ども若輩の学生を加えていただきましたこと、心より光栄に存じます」

なんとも礼儀をわきまえた挨拶で、とても学生とは思えない。

延べ千名以上の学生たちが掃除に参加してくれている。反対に、礼を言わなくてはならないのは、商家の旦那衆の方なのかもしれない。宗像は爽やかな笑顔で、話を続けた。

「我々、京学ネットワークでは、来年の祇園祭に向けてプロジェクトを企画しております。ぜひ、『祇園祭黒子会』の皆さまのご賛同をいただき、一緒に祇園祭を盛り上げていけましたら幸いに存じます。その名も『コスプレサミットin祇園祭』です」

コスプレと耳にした瞬間、参加者の幾人かが顔をしかめるのがわかった。特に、旦那衆の中でも、高齢の人たちだ。参加者の前には、資料が配布された。

企画の要旨は、シンプルだ。

祇園祭の期間に、世界中からコスプレイヤーを招き、一大イベントを開催するというもの。その会場を、八坂神社と鉾町周辺にしたいという。しばらく、資料をめくる音だけが会議室に響いた。宗像が、説明をする。

「京都はアニメの聖地です。シニアの皆さまも、たぶんお孫さんたちと一緒に、眼にされた方も多いのではないでしょうか」

宗像は、高齢の旦那衆の心を摑むため、そういう言い方をしたに違いない。

「コスプレは数々ありますが、有名なものは『名探偵コナン』、それに『るろうに剣心』などですね」

そう宗像が言うと、西陣織の問屋の主・六角秀征が、口を開いた。

「おお、『コナン』は見たよ。うちも孫が好きやから、映画に連れて行ったことがある」

「わては息子に勧められて、昔、映画の『るろうに剣心』を見たけど、面白かったわ」

宗像が、気を良くして話を進める。

「コスプレイヤーが、祇園祭の期間に、みなさんと一緒になって八坂神社から鉾町周辺の掃除をいたします。コスプレは、まだまだ一部の人たちの趣味だと思われ、眉をひそめる方もいらっしゃるかもしれません。ですからコスプレ姿で掃除をすることで、コスプレ文化を世に認めていただき、もっと広めることができたらと願っております」

しかし、誰もうつむいたまま意見を言わない。

夢遊は、正直なところ、この企画を通すのは難儀なことだと思っていた。「祇園祭黒子会」の大元の理念は、その名の通り、陰となって祇園祭の無事成功を支える「黒子」に徹すること。コスプレで掃除をすることとは相違えるのだ。

でも、最初から否定はしない。それが議長の役目だとわきまえている。結果は見えているが、学生たちの顔を立てて、提案の機会だけでも与えたかった。

あとは、どうやって納得して引いてもらうか。そのためには、どこか落としどころが必要かもしれない。つまり、顔を立ててあげるのだ。

仁斎の方をチラリと見た。眼をつむって腕組みをしてる。夢遊はここで、仁斎に助け船を出してもらおうと声を掛けた。

「山科の親方、ご意見はありますでしょうか？」

「……」

「仁斎さん！」

「う、なんや」

「あのう、学生さんらの提案なんです。祇園祭の期間中にコスプレイベントを開催するという企画で、我々『祇園祭黒子会』と一緒に掃除を行おういう話です」

「コスプレ？」

仁斎が、資料を手にして注視した。

（え⁉ 今頃になって資料を見返すとはどういうことやろう）

仁斎が、資料を閉じるなり、言い放った。

「あかん、こんなもんやれる訳がないやろ。どないしてもやりたいて言うなら、他の時期に、他の場所でやればええんや」

（え？ 仁斎はん、そないなキツイ言い方せんでも）

宗像は、一瞬ムッとした表情になったが、思い直したように言う。

「最初は、桜か紅葉の季節に開催しようと計画していました。しかし、コスプレイヤーの中から、『動く美術館』と言われる山鉾をバックに写真を撮りたいという意見が数多く寄せられました。このイベントで、より多くの観光客を海外からも呼び込むことが期待できるのです。いかがでしょうか、『祇園祭黒子会』で応援していただくことはできませんでしょうか」

仁斎が、テーブルをバンッと叩いた。

全員が、仁斎の方を見る。

「あかんあかん、こんなもん」

「そんな言い方しなくてもいいでしょう。我々学生は、今年も千人が掃除に参加してるんです。頭から否定しなくても……」

「うるさい！　あかんもんはあかんのや‼　もう会議の予定時間オーバーしている。議長、閉会にしてや」

「待ってください」

「あかんもんはあかん！　忙しいんや、帰るで」

（仁斎はん……どないしはったんですか？　かんにんしてくださいよぉ〜）

会議は、仁斎が席を蹴るようにして帰ったあと、散会となった。

夢遊は最後に、かろうじて参加者に伝えた。

「コスプレの議題は、次回の会議への持ち越しといたします。本日は皆さま、どうもお疲れ様でございました」

夢遊は、弱り果てて泣きたくなった。

朱音は若王子に、

「そろそろ終わるやろ。片付けせなあかんさかい、こっそりのぞいてみぃ」

と言われ、ドアノブに手を伸ばした。すると、

「あかんもんはあかん！」

と言い放つ声が聞こえたかと思うと、いきなりドアが開いて初老の男性が出て来

た。肩を怒らせている。危うくぶつかりそうになった。

「あ、かんにんやで」

ペコリと頭を下げると、男性は足早に階段を降りて行った。その後、無言で参加者たちが部屋を出てくる。

「お疲れ様でした」

と、一人ひとりに声を掛けるが、「ああ」とか「ごくろうさん」と不愛想に答えるだけで、みんな表情が暗い。いったい何かあったのか、朱音には見当も付かない。

今日の日のために、朱音は様々なお茶を試飲した。会議が上手く運ぶには、どんなお茶が最も適しているか、若王子に相談した。

「そんなん、会議に関係ある訳ないやろ」

と言われた。たしかに、その通りかもしれない。でも、自分にできるかぎりのことをしたいのだ。来週から九月だ。でも、今年は残暑が続いている。すっきりとした味のお茶がいいだろう。いろいろ飲み比べ、丸久小山園の水出し煎茶に決めた。

それに合う水は何がいいか。これも市内の何か所かの井戸水を汲んで来て、煎茶を淹れて飲み比べた。その結果、錦市場の飲食関係の人たちも利用しているという錦天満宮の「錦の水」に決めた。

三十名ものお茶を淹れなくてはならない。

水の量もかなりいる。

若王子に頼み込むと、

「またかいな、あんたといると仕事が増えてかなわんわ」

と言われてしまったが、それでも一緒に井戸水を汲みに行ってくれた。いつも厳しく指導され、凹(へこ)むこともある。でも若王子が心やさしいことを知っている。

それからもう一つ。

大勢が一か所に集まると、それだけで熱気が出る。エアコンが効きにくいかもしれない。そこで、一人ひとりの席に団扇(うちわ)を置いておいた。これは、借りものだ。もも吉お母さんに頼んで、芸舞妓さんがご贔屓(ひいき)のお客様に配る団扇を、あちらこちらから集めてもらったのだ。

参加者全員が帰ったあと、ぽつりと議長席で頭を抱える夢遊がいた。

「大丈夫(だいじょうぶ)ですか？」

そう尋ねたかったが、それよりも先に若王子が声をかけた。

「あの〜もう片付けしてもよろしいでしょうか？」

夢遊は、我に返ったという表情で、

「ああ、お世話になりました。また来月、よろしゅう」

と言い、部屋を出て行った。会議が上手く運ばなかったことは一目瞭然だった。

もっと、自分にできることはなかっただろうか。ひょっとして、もっと自分が場を和ませるようなことができていたら……。

朱音は、夢遊の悲し気な後ろ姿を見てせつなくなり、心の中で呟いた。

(どうしたら、夢遊さんの力になれるだろう)

どうして、あんなひどいことを口にしてしまったのか。仁斎は、ひどく自己嫌悪に陥っていた。コスプレには何の偏見もないのに……。

娘のカレシは、柏木賢太郎という俳優だ。最初は、付き合うことすら猛反対したが、今どきなかなかいない礼節をわきまえた若者だとわかり、娘にはもったいないくらいだと思っている。その柏木の出演するテレビドラマも映画もすべて見ている。その中には、マンガが原作の作品もあり、娘には内緒で大人買いをして全巻読破していた。だから、コスプレには親しみさえも覚えている。

仁斎は、大いに反省していた。

無意識に暴言を吐いてしまった理由は、わかっている。

一昨日の落雷だ。楠が倒れて倉庫が潰れてしまい、名品と言われる数々の盆栽が傷んでしまった。その後始末のことで頭がいっぱいなのだ。

今日も、日中、盆栽の持ち主へお詫び行脚に明け暮れた。中には、致命的な損傷を受けた盆栽が三鉢あった。当然、弁償をしなくてはならない。とは言っても、百年を超える盆栽は、持ち主にとって何ものにも代えがたい価値がある。お金を支払えば済むというものではない。それを考えると、身のよじれる思いがする。

落雷による打撃は、それだけに留まらなかった。

育成中の若い樹々のほとんどが、折れたり倒れたりするなどして造園に使えなくなってしまった。倉庫の建て替えも含めると、住宅一軒分以上の損害額になることがわかった。貯えだけでは、とても賄いきれない。もし、銀行の融資がかなわなければ、廃業も覚悟しなくてはならない。

これから先のことを考えると、目眩がした。

心労のせいだろう。ときどき不整脈になる。

言い訳がましくなるが、会議に参加したのはいいが、「あれもこれも」と自分の抱える課題で頭がいっぱいで、「黒子会」の議題にまで頭が回らなかった。それでコスプレ大会の話も上の空で、夢遊に意見を求められてから慌てて資料に目を通すことになってしまった。あげくに、感情的な物言いをしてしまい……。

仁斎は、己の度量の小ささが情けなくて落ち込んだ。

疲れ果てて帰宅すると、竜っさんが家で待ち受けていた。

「親方、ちょっと見てもらいたいもんがあります」

なにやら険しい顔つきをしている。

「五葉松のことです」

仁斎は、「五葉松」と聞いて「ああ」と答えた。それは、曾祖父の時代に、西陣の商家から譲り受けたと聞いているものだ。そのため「西陣の五葉松」と呼んでいる。仁斎所有の盆栽鉢の中では破格の大きさで、中型の冷蔵庫を横に寝かせたほどもある。

預り物の盆栽のことばかり考え、自分の盆栽のことまで考える余裕がなかった。竜っさんと急いで倉庫に向かう。

倉庫のガランとしたコンクリートの地面に、「西陣の五葉松」が、ごろりと倒れている。茶色の大鉢がパックリと二つに割れて、根っこと土がその割れ目からはみ出している。まるで、「痛い痛い」と泣いているように見えた。仁斎は、歩みより、

「後回しにして、かんにんやで」

と、損なわれた枝をそっと撫でた。

「親方、ここんところ見てもらえますか」

「なんや？」

竜っさんが指さすところを見る。すると、割れた大鉢の土の隙間から、何か美しい文様が顔を出していた。二人して、五葉松の根っこをさらに傷つけないように土を掻き出した。すると中から、別の陶器が完全な形で出て来た。ご飯を入れる小さなお櫃ほどの大きさがある。

「なんやなんや」

と言い、手を伸ばすが重くて持ち上がらない。鉢から外して地面に転がしたまま、竜っさんがホースで水を掛けて洗う。土が流れ落ちると、どこかで見た作品に見えた。

「仁清砂金袋　水指や」

京焼の陶工、野々村仁清の作で、さる美術館に収められている物と瓜二つだ。

「水指」は茶道具の一つで、茶釜に水を足したり、茶碗や茶筅を洗う水を蓄えておくための器だ。砂金袋の形を模し、首の部分がややくびれて立ち上がり、胴から尻部分にかけて下膨れに作られたものだ。主に、お祝いの茶会で用いられることが多い。

「高価なもんですか？」

「いや、作りが荒いさかいおそらく『写し』やろう」

「写し」とは、有名な作品を後世の人が模倣して焼いたもののことだ。

「それは残念。そやけど、なんでこないなところに水指が？」

土の中にまるで隠したかの如く、埋められていたのだ。

「開けてみてくれ」

「へえ」

竜っさんが、ふたに流し込まれている蠟を、鋏の先でこじり取った。経年のため、蠟は崩れるようにはがれた。

「開けますよ」

「うん、頼む」

蓋を開けると、二人は絶句した。

そこには、眩いばかりの砂金がぎっしりと詰まっていた。

夢遊は、山科仁斎に会い、改めて頼むことにした。京学ネットワークの宗像の話をもう一度聞いてやってほしいと。

次の「祇園祭黒子会」は九月末の土曜日だ。

もも吉庵で、「任しとき！」と胸を叩いてくれたというのに、なぜ、いきなり

「あかん！」などと言い放ったのか理解できなかった。職人気質で、少々頑固なところはあるが、仁斎があのような言い様をしたところは見たことがない。きっと、何か、よんどころない事情があったに違いない。

ところが、なかなか電話が繋がらない。今日も朝から、三、四度かけてみたが、呼び出し音が響くだけだ。夜になって、仁斎から電話が入った。

「夢遊はん、なんべんも電話もろてかんにんや。用件はわかってるつもりや。わての度量不足に尽きる。実は、この前の台風で問題が起きてしもうてなあ。それで恥ずかしながら心が乱れてしもうたんや。座禅でも組んで修行せなあかんな」

「そうでしたか」

「今度は、引きどころ、落としどころ思案して行くさかい、任しとき」

そう強く言う仁斎に、夢遊はほっと胸を撫でおろした。

それを受けて夢遊は、京学ネットワークの宗像に電話をした。

「この前は……」

と話し出すと、言うよりも先に、

「大変お騒がせをいたしました。申し訳ないと思っています」

と、慇懃に答えた。それでも夢遊は、きちんと説明して取り成した。

「仁斎はんは、普段はあないなキツイこと、言わはる人やないんや。たまたま仕事でトラブルに見舞われて心ここにあらずやったそうなんや。どうか辛抱してやってください」

「いえいえ、私の力不足、そして人徳の無さのゆえ、お叱りを受けたんやと反省しております」

どこまで、腰が低いのだろう。社会に出ても、上司や取引先から可愛がられて出世するに違いないと思った。

「では、次回も、よろしゅう頼みます」

「はい、次は少しばかり、工夫を凝らして伺いたいと思っております」

「え⁉　工夫？」

「では、失礼します」

夢遊は、宗像のあまりにも落ち着いた物言いが気になった。嫌な予感がしたものの、もう一度電話をかけ直して確かめることまではためらわれた。

仁斎は、迷いに迷った末、「もも吉庵」を訪ねた。

満福院の隠源住職と息子の隠善、それにもも吉の娘の美都子と、いつもの顔ぶ

れが揃って出迎えてくれた。そして、アメリカンショートヘアーのおジャコちゃんも、

「ミァウ～」

と、鳴いてすり寄って迎えてくれた。

「仁斎はん、落雷でたいへんやったて、聞きましたえ」

もも吉が、心から心配してくれていることが伝わってきた。

「もう、どないしたらええか、わからへんのです」

「なんと言うたらええのか、心よりお見舞い申し上げます」

隠源が言う。

「楠の大木に雷が落ちて、高価な盆栽がいくつもあかんようになったそうやな。それで、持ち主さんらは許してくださったんかいな？」

「はい、旦那衆のみなさんは心が広うて、反対に『たいへんやったなあ』てやさしい声かけてくれはりました。もっとも、弁償はせなあきまへんから、お金を工面するのに四苦八苦してます。身代が傾くくらいの金額になりそうで……ただ」

今度は、隠善が口を開いた。

「ただ、て言わはると？」

「実は、びっくり仰天することが起きまして」

美都子が、身を乗り出し、

「仁斎さん、何ですの？　仰天て……」

仁斎は、曾祖父の代から伝わっている盆栽「西陣の五葉松」の大鉢の中から、砂金袋水指が出てきたことを話した。なんとその水指の中に、本物の砂金が満杯に詰まっていたと。

「な、な、なんやて！　さ、砂金やて‼　それはいくらするんや」

隠源が、大声を上げた。

「まだ、ようわからんのですが、おそらく億になろうかと」

「億やて！」

「へえ〜！」

隠源だけでなく、隠善も美都子も眼を見開いた。さすがのもも吉も驚いている。だが、仁斎の胸の内を見透（みす）かしたかのよう訊かれた。

「『西陣の五葉松』て言わはったなあ。それはいったい、どういう経緯（いきさつ）で仁斎はんのところに伝わったんどす？」

「へえ、父から聞いた話やと、曾祖父の代に西陣の商家が別宅を新築する際、作庭を任されたそうです。ところが、その商家が貰（もら）い火で蔵が全焼して反物（たんもの）が全部燃えてしもた。それで、作庭の代金の代わりに言うて、昔からその商家に伝わる盆栽を差し出されたんやそうです」

「それで、『西陣の五葉松』言うんやね」

「へえ、その通りです。ほんまは、元の持ち主に報告して砂金を返さなあかん思うんです。ところが、西陣いうてもどこの店かは父親から聞いてへん。ひょっとしたら、探そうにも既に店を閉めてはるかもしれまへん」

そう答えつつも仁斎は、自分の心の底に何やらやましいものが潜んでいることに気付いていた。この砂金を換金すれば、弁償金が支払える。倉庫も再建できる。神様が授けてくれたお宝だと思ってもいいのではないかと。

隠源が、ふと思い出したように声を上げた。

「なんや、そっくりな話、聞いたことがあるなぁ」

そう言うと、もも吉が、

「ほんま、朱音ちゃんの話にそっくりや」

と、頷く。続けて、隠善と美都子も、

「ほんまや、朱音ちゃん」

「朱音ちゃんや」

と、顔を綻ばせた。仁斎は、

「なんなんです？　朱音ちゃんとは、どなたですか」

と、その場の会話に一人だけ入っていけず戸惑った。もも吉が、

「うちが説明しまひょ、これがええ話なんや。この『もも吉庵』で、少し前、骨董の販売会が催された時のことどす」

と、おもむろに話を始めた。

骨董の売主は、富豪の通称「岡崎の男爵」はんだった。預って仲介したのは、男爵はんの娘婿で骨董商の「弥勒や」だ。何点かの骨董が、「もも吉庵」のカウンターに並べられた中で、「風神堂」の京極社長秘書の斉藤朱音が『干菓子図案帖』という古書に目を留めた。江戸時代に栄えた京菓子司の見本帖らしい。朱音はたいそう気に入り、一万円で購入した。

ところが、家に持ち帰って眺めていると、最後のページに古封筒に入った五枚の切手を見つけた。いずれも「何銭」と書いてあり、戦前のものと思われた。翌朝、京極社長に報告し、専門家に鑑定してもらったところ……。なんと明治七年に発行された桜切手と呼ばれる珍品と判明。五枚で二千五百万円もの価値があることがわかった。

隠源が、腕組みをして、

「みんな大騒ぎやった」

と言うと、隠善が続きを説明した。

「『よかったなぁ、えらい宝くじに当たって』て言うんたやけど、朱音ちゃんは表情一つ変えへん。それでなんて言うたと思います？　本は買ったけど切手のことは知らない。元の持ち主さんが誤ってはさんだままにしていたに違いないから返してほしいて言うんや。ところがや、『岡崎の男爵』はんも立派なお人や、一度手放したもんは、そこから何が出てきても先方のもんやて言わはる」

「なるほど」

と、仁斎は、朱音と「岡崎の男爵」、両方とものの考えに感心した。

「『返す』『いや受け取れん』て、欲の無いもん同士の意地の張り合いや。見てて心地良うなりましたわ」

「それで、どないなったんでしょう」

仁斎は、その結果が気になり尋ねると、もも吉が答えた。

「『岡崎の男爵』はんが、『半々にしよか？』て提案されたんや。うちも、それが妥当なとこやろうなぁ、て思うた。ところが、朱音ちゃんは『ダメです』と断らはる。とうとう『岡崎の男爵』はんも根負けしはってなぁ。呆れながらも、うちの孫の嫁にしたい、とか言うてはりましたわ。結局、そのお金で『ホームレス支援基金』を設立したんや」

隠源・隠善親子も美都子も、その時のことを思い浮かべてか、もも吉の話を微笑んで聞いている。しかし仁斎は、心の奥を針でチクリと刺されるような気がして胸に手をやった。すると、もも吉の表情が夕立のように一変した。

一つ溜息をついたかと思うと、裾の乱れを整えて座り直した。背筋がスーッと伸びる。帯から扇を抜いたかと思うと、小膝をポンッと打った。ほんの小さな動作だったが、まるで歌舞伎役者が見得を切るように見えた。

「仁斎はん、あんたもう決めてはるんやろ」

「え？」

「雷のせいで、とんだ災難に見舞われはった。そこへお宝が出てきた。誰でも迷うのは当たり前のことや。迷ったあげくに、うちに相談に来はった。そやけど、仁斎はんの心ん中では、最初から答えは決まってはるんと違いますか」

仁斎は、もも吉の鋭いながらも温かみのある眼光に身動きできなくなった。

（そうや、その通りや。砂金を自分のものにしてしまおう、なんて考えてしもうた。それを、神様の思し召しや、と勝手な言い訳をして。あかん、邪心に負けるところやった。何が何でも元の持ち主、探さんとあかん）

仁斎は、もも吉に尋ねた。

「朱音さんいうんは、おいくつぐらいの方なんでしょう。わては恥ずかしい」

少なくとも自分よりは年上の、よほど裕福な育ちをした人に違いないと思った。

「たしか、二十五か六やと……」

「なんやて？」

隠源が、にっこり笑う。

「驚かはったやろ」

仁斎は思った。ぜひ、会ってみたい。会って、まず御礼を言わなければならない。「おおきに、あんたのおかげで、餓鬼道に落ちずに済みましたよ」と。


朱音は、できるかぎりのことがしたいと思った。

明日は、第二回の「祇園祭黒子会」がある。前回、意見が対立したらしく、会議室は険悪な空気になってしまった。朱音は、エアコンの温度設定を下げ、心の熱を冷ますことができないかと試みたが効果はなかった。

こういう時は、お茶でも飲んで、ホッと一服してもらうのが一番だ。最初は、冷たい煎茶をお出ししたが、今度は熱いお茶を飲んでいただこうと、お湯を沸かし始めた。でも、一人の初老の男性が、椅子を蹴るようにして退席すると、そのまま散会となってしまった。

そこで今回は、会議で議論が白熱したら休憩時間を設けてもらい、「麩もちぜんざい」をみなさんに召し上がってもらおうと考えた。議長の夢遊さんに提案すると、「それはええアイデアや。お出しするタイミングは、僕が様子を見て伝えるさかい、用意して待機しててくれるか」と、二つ返事で認めてくれた。作り方は、「もも吉庵」のもも吉お母さんに懇願して教えてもらった。

若王子には呆れられたが、それでも会議の始まる三時間も前から一緒に麩もちぜんざいを拵えた。それだけではない、気持ちが落ち着くようにと、会議室にお香を焚いておいた。夢遊からは、「大丈夫や。ちゃんと今回は、根回ししてあるさかい。この前みたいなことはない思う」と聞いている。あとは、みなさんをお出迎えするだけだ。それでも、まだ朱音は心配だった。そこで若王子に、ずっと思案していたある秘策に協力してくれるように頼んだ。

「あの〜、お願いがあるんです」

「ああ〜、あんたがそういう訴えかける眼ぇした時は、碌なことがないんや。あかんで、あかんあかん」

「もしもの時のお願いなんです」

「なんや、もしもて……」

午後七時。

「祇園祭黒子会」が始まろうとしていた。

定刻ぎりぎりに、サムライの格好をした美少年が、後ろの入口から胸を張って入って来た。誰もの眼が点になった。夢遊は、「どちらさまです？」と言いかけて、ハッと息を呑んだ。美少年と見紛えたのは、京学ネットワークの代表・宗像亜加利だった。

ザンバラの茶色に染めた長い髪。紅い着物。頬に傷を描き、眼には紫のカラーコンタクトを入れている。自分はいい。アニメの『るろうに剣心』を見たことがあり、それが主人公の緋村剣心だとわかる。だが、ここにいる参加者の平均年齢は、おそらく六十五歳を超えている。若者のおふざけとしか受け取られないだろう。

宗像は自分の席の前に立つと、両の手を膝に当て、

「遅くなり申した」

と、浅く一礼した。まさに、サムライになり切っている。夢遊は心配になり、恐る恐る仁斎の方へ眼を向けると、キョトンとして口を開けている。

「お座りください」

と、夢遊は宗像を促した。宗像は立ったまま話し始めた。

「きっとみなさん、驚かれていることと思います。でも、驚かそうと思ってのことではありません」

と言うと、手にした剣をスーッと抜いた。そしてまるで、人を斬るかのように二度、三度と振り回す。幾人もの参加者が、「あっ」と声にならない声を発した。「危ない！」と心の中で叫びそうになったが、よくよく見ると、それは刀ではなく金バサミだった。

「いかがでしょう。実際に、コスプレで街中を掃除する姿をご覧いただきたくて、このような格好をしてまいりました」

一同が静まり返った中、仁斎が声を発した。

「どういうつもりや」

囁きほどの大きさにもかかわらず、それは地響きのように夢遊の耳に届いた。

「この前、あかんて言うたやないか」

「はい、だからこうして……」

「ええか、『祇園祭黒子会』という名の通り、黒子に徹するんが大本の理念や。そないに目立って掃除するんはお門違いや」

仁斎が、相当腹を立てているのがわかった。それでも、精一杯、怒りを堪えているようだ。宗像は、仁斎を見つめて、淡々と語るように言う。

「古い会員の方から伺いました。十年ほど前、議論の末にお揃いの法被を作ることになったそうですよね。紺色に『黒子』と染め抜いたデザインはとてもオシャレで、我々、学生の間でもその法被を着たいがために、ボランティアに参加する者もいるくらいです。それは、『祇園祭黒子会』の趣旨に反しないのですか？」

夢遊は、「これはまずい」と思った。

宗像の言い分は、筋が通っている。いわゆる正論だ。しかし、正論は相手の気持ちを抑え込んでしまう場合がある。まさしく、今がそれだ。宗像の「祇園祭のために」という真っすぐな心はわかる。しかし、それだけでは人は動いてくれないのだ。

「なんや、妙な格好で乱入したあとは、屁理屈かいな」

「乱入？　屁理屈ですって？」

「ああ、そうや。コスプレと法被をいっしょくたにしてもろうたらあかんで。ここは、話し合いの場や。これが乱入やなくて、何なんや！　この若造が‼」

夢遊は、なんとかこの場を収めなければと思った。そうだ！　朱音から会議が始まる前に、言われていたことを思い出した。議論が白熱した際、もも吉庵名物の「麩もちぜんざい」をみんなで食べて、ほっこりしてもらおうという作戦だ。合図をすれば、いつでも朱音たちが運んできてくれることになっている。

睨(にら)み合う仁斎と宗像の間合いをさえぎるように、

「え〜ここで少し……」

と言いかけたところで、宗像が叫んだ。

「若造とは聞き捨てなりません。祇園祭を応援したいという気持ちに、若いも年寄りもないのではありませんか」

「なんや、年寄りやて！」

（あかん、あかん……あかんで。なんでこないなことになってしもうたんや）


こんなつもりはなかった。

仁斎は、今日は穏(おだ)やかに若者の意見を聞き、どんなに時間をかけてでも丁寧(ていねい)に説明をして理解してもらうつもりでいた。十年前も、似たようなことが起きた。法被を作るか否かで、意見が分かれたのだ。半年にもわたる熱い議論の末、反対派が根負けした。最初、仁斎は反対派の一人だったが、途中で賛成派に回った。

「どうですやろ、みなさん。今の京都はあらへん。京都は新しもん好きの町や。古い考えに縛られてたら、今の京都はあらへん。法被作ることを認めてはどないやろ。ただし、派手なんはかなわんさかい、老若男女誰でも似合うようなデザインがええな。法被を着るか着いひんかは参加者の自由いうことにして」

仁斎がそう言うと、会議に参加した全員が同意してくれた。だが、今回の宗像のやり方には、納得できない。なぜ、そんなにもことを急ぐのか。サムライの格好をして現れるなど、もっての外だ。

（あかん、あかんで、仁斎。落ち着けよ。相手はたかが学生やないか）

しかし、懸命に押さえていた感情が、一気に爆発した。

「もうええ、あんたらは黒子会とは別に活動したらええ。そうすれば、我々と議論する必要もないさかいになぁ」

売り言葉に買い言葉という。宗像が、

「なんですって！　今年も千人以上の学生が炎天下で汗水流して掃除したっていうのに。その私たちに、『出て行け』て言うんですか？」

「出て行きたい言うんなら、誰も止めへんで」

（おいおい、仁斎。今日はそないなこと言うつもりで来たんやないやろ。学生さんらは、ほんまにようやってくれてはる。そやのにあかんで、あかん……）

宗像と睨み合いながら、仁斎は思った。

（夢遊はん、なんとかしてくれや。このままやと、空中分解や）

助けを求めて夢遊の方をちらりと見るが、いかにも「困った」という顔つきで目が泳いでいる。

沈黙が続いた。ほんの数秒のことに違いないが、仁斎にはそれがとんでもなく長い時間に感じられた。

ガチャ。

ドアが開いた。

会議室の準備をしてくれている若い女性が、部屋に入って来た。たしか、前回も受付やらお茶出しをしてくれたことを覚えている。ぽっちゃりとして背が低く、今どきのオシャレとはかけ離れた純朴な雰囲気の娘だ。無言で一礼をすると、お盆を手に、冷たい煎茶を下げ、温かいお茶に替えて回り始めた。なんとタイミングの悪いことか。今は誰も、お茶に口を付けるどころではない。このピンッと張り詰めた空気が、読めないのだろうか。

女性が仁斎の隣に来て、新しいお茶と置き換える。緊張しているのか、それともよほど不器用なのに違いない。茶托(ちゃたく)を持つ手が小刻みに震えて、お茶が零(こぼ)れそうだ。

突然、音楽がけたたましく鳴り響いた。

♪チャンチャカチャカチャカ、チャンチャン！

チャンチャカチャカ、チャンチャン！

緊張で静まり返っているがゆえに、会議室全体に反響して鳴り響く。

耳に馴染みがあり、すぐにわかった。誰もが知る「笑点」のテーマ曲だ。スマホの着信音に違いない。

みんなが眉をひそめた。それはそうだろう。真面目な話をしている最中に、お笑い番組の音楽が聞こえたのではひんしゅくを買って当然だ。

仁斎は、ぐるりと見回して、

「誰や、こないな時に。マナーモードにしてへんのかいな」

と、睨みつけた。それでも音楽は鳴り続けている。

♪チャンチャカチャカチャカ、チャンチャン！
チャンチャカチャカチャカ、チャンチャン！

仁斎の横で、お茶を取り換えていた女性がいかにも申し訳なさそうに言った。

「すみません、すみません」

ペコペコと何度も頭を下げる。

「あんたかいな。早よ、止めなはれ」

「は、はい」

　女性は、スカートの左ポケットに手を伸ばした。お盆を左手で持ったままスマホを右手で取ろうとする。しかし、なかなか取り出せない。

「あれ？　あれれ？　……すみません」

　溜息交じりで声を掛ける。

「あんた横着せんと、ここにお盆を置いてからスマホ取りなはれ」

「は、はい……すみません」

　女性は、いかにも申し訳ないというように、身体を縮めるようにして詫びた。彼女が仁斎の前にお盆を置いたとたんに、「笑点」のテーマが止まった。

　会議室に静けさが戻った。

「すみません」

　この娘は、「すみません」しか言えないのだろうか。女性は、再び、お茶を入れ替え始めた。夢遊が、

「それでは話し合いの続きをお願いします」

　と言う。仁斎は、宗像の方へ顔を向け直した。おや？　言葉が出てこない。たしか……「黒子会から出て行きたいなら、誰も止めへん」と言ったような気がする。

どう話を続けたらいいのか。宗像も心なしか顔つきがいくぶん穏やかになっている。仁斎と同様に、調子をはずされて戸惑っているに違いない。

♪チャンチャカチャカ、チャンチャン！
チャンチャカチャカチャカ、チャンチャン！

　またまたスマホが鳴り始めた。仁斎は、怒鳴るというよりも呆れて女性に言った。

「早う、止めなはれ」

　仁斎は、この娘が「風神堂」の社員だとすると、京極社長もきっと苦労しているに違いないと思った。女性は、明らかにさっきよりも動揺している。

「す、すみません」

　と言い、お盆をテーブルに置く。よほど無理にポケットへ押し込んだからか、なかなかスマホが取り出せないようだ。ポケットから飛び出しているストラップを力任せに引っ張って、ようやくスマホを手にした。

　会議室の全員の視線が、彼女に集まる。

「あれ？……あれ、止まらない」

人差し指で懸命に操作している。電話の着信画面を「拒否」にするか、電源を切ればいいだけのことだ。いったいどうしたというのだ。

「あれ？　あれ？」

女性はまだ画面をのぞき込み、必死に格闘している。スマホの不具合だろうか。

「♫チャ〜ラチャンチャカチャンチャン、チャラチャラチャッチャッチャ〜！」

「え⁉」

みんなが、一斉に夢遊の方を向いた。

「笑点」のテーマ音楽に合わせ、小さな声で、夢遊がスキャットを口ずさみ始めたのだ。

一番端に座っていた、旅館「太秦（うずまさ）」の女将が、「クスクスッ」と笑った。それを聞いて、また誰かがクスリと笑った。ついさっきまで、険しい顔をしていた宗像が、

「プッ！」

と吹き出したあと、どうにも堪（こら）え切（き）れないという様子で、

「あははは」

と声を上げて笑った。それに釣られて、次々とみんなが波打つように笑い始めた。女性は顔を真っ赤にして、スマホの音を止めようと必死に画面と格闘している。仁斎は首を傾げた。不思議だ。なぜか腹が立たない。憎めない。その様子があまりにも滑稽（こっけい）過ぎて、咎（とが）めるよりも周りが朗らかな気分にさせられる。まるでコントを見ているかのようだ。

はじめは遠慮がちだった夢遊の声が、だんだんと大きくなる。

「♬チャンチャカチャカチャカ、チャンチャン！」

笑い声は、渦のように瞬く間に大きくなった。最初、「なんや会議中に不謹慎（ふきんしん）な」と思っていた仁斎も、思わずニヤリと頬が緩んでしまった。

音楽は流れ続けている。

夢遊が楽しげに歌う。

つい先ほどまでの緊張感は、いったいどこへ行ってしまったのだろう。

みんな微笑み、会議室の空気が、一変した。

ようやく、音楽が止まった。

再び、会議室に静けさが戻った。

女性は、

「すみません」

　とまた謝り、スマホを手にして部屋の外へと駆け出て行ってしまった。仁斎は、つい先ほどのことが遠い遠い悪夢のように思えた。気付くと、心の中が雲一つなく晴れ渡っていた。

　仁斎は、大いに反省した。落雷の後始末のことがあったとはいえ、頭に血が上って冷静さを欠いていた。

（まだまだ人間ができへんいうことや）

　宗像と目が合った。ここは年長である自分から声を掛けねば……。立ち上がり、ロの字型に拵えたテーブルをぐるりと回り込む。宗像の席まで来ると、宗像がギョッとして振り向いた。みんなも「何事か」という表情で見ている。

「かんにんや、宗像さん」

「え？」

「ついカッとしてしもうた。この通りや」

　仁斎は、宗像に頭を下げる。慌てて、宗像も、

「やめてください。私の方こそ、短気を起こしました」

　と仁斎よりも深く、頭を下げた。

　仁斎は、さらに一歩、宗像に歩み寄った。

「コスプレの件は、引き続きの検討課題にしてはどないやろう。わてらだけで決めるより、もっと広く意見を募ったらええと思う」

「あ、ありがとうございます」

「それからなぁ、一つ提案があるんや」

「提案？」

仁斎は、前もって思案してきた考えを話した。

「わてが庭の管理を任されている寺がいくつかある。その一つの寺の住職で、特に懇意にさせてもろうてるお方に相談を持ちかけてみたんや。庭や本堂の廊下を借りて、コスプレの撮影会をさせてもらえへんやろかてなあ。そないしたら、前向きに考えてみる言わはって」

「え？　本当ですか！」

「ほんまや」

「きっと、コスプレイヤーはものすごく喜ぶと思います」

仁斎は、相手が若い女性のため一瞬ためらったが、思い切って宗像に手を差し出した。すると、宗像は迷うことなく手を差し出してくれた。互いに力を込めて握手をした。宗像が言う。

「今日は、勝手な振舞いをして申し訳ありませんでした」

「いいや、あかんのはわての方や」

　誰からともなく拍手が沸き起こった。


　次回の日程を確認し散会となった。

　帰り道、仁斎は夢遊と一緒に、八坂神社へ参拝してから帰ることにした。西楼門を上がったところで、仁斎は改めて夢遊に礼を言った。

「夢遊はんが、道化師みたいにチャンチャカ言うてくれたおかけで、会議の雰囲気がガラリと変わった。自分で蒔いた種やけど、いっときはどないなことになるか生きた心地がせなんだ。『わてに任せとき』言うて胸を叩いたにもかかわらず申し訳なかった。ほんまおおきに」

「違うんです、親方。あれは斉藤さんが気の毒になって、なんとか助けてあげたいと思うたら、自然に口に出ていたんです」

「そうやったんか」

　仁斎は、夢遊のやさしさに感心した。

「でも、ひょっとしたら……て思うことがありまして」

「なんや、ひょっとしたらて？」

　夢遊は、立ち止まって言う。

「これはあくまでも僕の推測です。そやからそのまま受け止めんといてください」

「なんや、もったいぶって」

「斉藤さんは、わざとスマホを鳴らして、紛糾して熱くなった会議の場を冷まそうとしたんやないかて思うんです。

「もしそうやとしたら、それは凄いことやで。そやけど、あないにおっとりいうか、ドンくさそうな娘にそないなことが……」

「いえいえ、親方。朱音ちゃんはそういう娘なんですよ」

「え？　夢遊はん、ちいと待ってや、今、朱音ちゃんて言うたか？」

「はい、斉藤朱音さん。『風神堂』の京極社長さんの秘書を務めてはります。なんや人を惹きつける不思議な力を持ってはるんですよ。実は、僕の憧れの人なんです」

「なんやて！」

夢遊は、「ひょっとしたら」と口にしたものの、「間違いない」と思い、感心していた。幼い頃から父親の夢旦に、

「お茶とは、相手の心を温め、和ませることにある。よう覚えとき」

と、言われ続けてきた。茶道がもっとも広まったのは戦国時代。茶席の小さな空

間で、憎み合う武将同士が対峙することも多かった。そこで、茶会の亭主に課せられた役割は、二人の武将の心を解きほぐすことでもあったからだ。

朱音は、ひんしゅくを買う恐れがあるにもかかわらず、思い切ったことを仕組んでくれた。

(朱音ちゃん、おおきに。救われたで)

夢遊は、朱音に惚れ直した。


仁斎は、その晩、帰宅すると蔵を開けて入り込んだ。灯りが弱いので、大きな懐中電灯を手にして。ご先祖の取引台帳を探すためである。

実は、先日、曾祖父の書き残した台帳を調べた。しかし、どこにも西陣の商家の別宅の庭を手掛けたということは書かれていなかった。でも、どこかに手掛かりが残されているのではないかと、もう一度、すべての台帳を見直してみることにしたのだ。外が、うっすらと明るくなってきた頃、父親の日記に、こんなことが記されていることを見つけた。

《祖父より、聞く。西陣六角家の作庭を手掛けるも、火災により代金頂戴できず。代わりに差し出された五葉松の盆栽を受け取る。なんでも、六角家では、一大事が

生じた時にこれを売るべし、と言い伝えられているとのこと。代金には満たないが、一目にて名品の盆栽と思われ、承知したと》
「これや！」
なんと、西陣の商家とは、「祇園祭黒子会」でもお世話になっている六角秀征の店だったのだ。明日、いや、日が昇ったら、すぐにでも六角に事情を話して、砂金袋水指を返さなくてはと思った。
そう、あの朱音という娘の行いに、恥じないように。

「あの～まだ食べるんですか？」

「あんた、甘いもんご馳走してくれるて約束したやないか」

「はい……たしかに言いましたけど、まさかこんなにたくさん」

朱音は若王子と一緒に、花見小路の「ぎおん徳屋」に来ていた。ここは、わらびもちが有名で行列が絶えない。テーブルの上には、名物の「本わらびもち」の他、「もちやきぜんざい」と「あんみつ」がずらりと並んでいる。

朱音は、会議が始まる前に、若王子に頼み込んだ。

「私が会議室に入って、少ししたら私のスマホに電話をかけてください」

と。最初は拒んでいた若王子だったが、甘いもんをご馳走するということを条件に、頼みを聞いてくれたのだ。

そのおかげで、険悪だった会議の雰囲気が一変したのだ。まさか夢遊が、チャンチャカと歌ってくれるとは思いもしなかったが……。朱音自身も、ハラハラしてことに臨んだが、若王子も同じだったらしい。

「真面目な会議の最中に、あないなふざけた企み(たくら)の片棒を担ぐやなんて、心臓が破裂しそうやったで。そやけど、上手く会議がまとまって良かったなぁ」

「はい」

若王子が、店の人に声を掛けた。

「すみませ～ん。本わらびもち、もう一つ追加お願いします!」

「え? まだ食べるんですか?」

朱音は財布の中身が心配になり、

「お給料前なんです。もう勘弁してください」

と頼んだ。いくらご馳走すると言ったからって。

「心配せんでもええ。副店長のうちが、あんたに奢(おご)ってもらう訳にはいかんやろ。ここはうちが払うさかいに、あんたもどんどん食べたらええ」

「え? ……本当ですか?」

朱音は、「本わらびもち」を箸（はし）で摘（つ）まんで口へと運んだ。とろりと舌にまとわり付き、口いっぱいに甘さが広がる。そしてそれは、心の中までも染みわたるように思えた。

※物語に登場する「祇園祭黒子会」及び「京学ネットワーク」はフィクションの団体ですが、祇園祭は実際に、大勢のボランティアの皆（みな）さんの力によって支えられています。

第四話　おむすびに込めた愛あり萩ゆるる

「ヤダー！　おむすびがいい〜」

　ぐずって泣きわめく小学一年の娘の彩矢に、渡辺真凛は困り果てていた。

　夫は、中学の教師だ。吹奏楽部の顧問をしており、大会が近いため「朝練」の指導で先週から朝六時に家を出ている。

「行ってくる」とカバンを手にして、

「おむすびくらい作ってやれよ」

　と言う。

「それならパパが作ってよ」

「俺が料理はぜんぜんだってこと知ってるだろ。あっヤベ、遅れる」

　そんなこと自慢にもならない。もっとも、人には向き不向きがあるらしく、夫は不器用な上に、味音痴なのだ。実家暮らしだったせいで、料理とは縁がなかったらしい。一緒になって間もない頃、「今日は、俺が作るよ」と言い、チャーハンを作ってくれた。ところが、お米はべちゃべちゃ、味はしょっぱくて食べられたものではなかった。以来、夫は、もっぱら掃除・片付けの担当である。

「気を付けて！　はい、彩矢ちゃんも『行ってらっしゃい』は？」

「おむすびがいい、おむすび作って〜」

夫が、彩矢の頬にそっと手をやり、

「彩矢ちゃん、ママを困らせちゃだめだよ。行ってきます」

と言うと、ようやく、

「パパ、行ってらっしゃい」

と、手を振った。


来週は、彩矢の通う小学校の秋の遠足だ。

入学してすぐの春の遠足には、真凛はサンドイッチを作ってやった。彩矢の大好きなタマゴとハムがはさんである。出かける時には大喜びだったのに、帰って来るなり黙り込んでいる。「遠足楽しかった?」と尋ねると、眼に涙を浮かべて言った。

「彩矢もおむすびがいい」

「サンドイッチ美味しくなかった?」

「ううん、美味しかった。でも、おむすびがいい……友達はみんな、おむすびだから」

この年頃は、みんなと同じことを好む。「みんなが持ってるから」と言い、お揃いの消しゴムやノートが欲しいと何度もせがまれた。自分の幼い頃も同じだったことを思い出し、仕方なく買ってやった。きっと、一人だけサンドイッチで、疎外感を覚えてしまったに違いない。いや、もしかして、いじめに遭ったとか……。そうなると、たかがお弁当とは思えなくなる。

しかし、「じゃあ、次からはおむすびにしましょうね」と答えることができなかった。おむすびは、真凜にとってトラウマなのだ。それも、もう二十年もの間、おむすびを作ることも、食べることもできない。コンビニで買ったおむすびを何度も口にしようとしたことがある。しかし、手にするだけで気分が悪くなってしまうのだ。

「ごめんね、彩矢ちゃん」

真凜は彩矢を抱きしめた。

こんなことになった原因ははっきりしている。

あの女、陶子（とうこ）のせいだ。

真凜は、陶子を憎み続けてきた。

先月、父が亡くなった。その少し前、病院のベッドに横たわる父から、思いもよらぬことを頼まれた。

「陶子さんに渡してほしいものがあるんだ」

「何よ、陶子さんて……私、あんな人のこと忘れてたわ」

それは嘘（うそ）だった。

憎くて憎くて、ことあるごとにその顔が思い出された。父もわかっているはずだ。なのに、娘の気持ちを慮（おもんぱか）ることもなく、父は弱々しい声で続けた。

「頼む……どうしても心残りのことがあって、このままじゃ死ねない」

「何言ってるのよ、そんなこと言わないで」

担当医からは、もう最期（さいご）の日が遠くはないと言われていた。七日ほど前から、食事も少ししか摂（と）れなくなっている。真凜は話だけは聞いてあげようと思った。

「何を渡したらいいの？」

「俺の書斎の机の引き出しに……」

胸が苦しいらしい。言葉が続かない。ベッドの角度をリモコンで上げて、冷たい水を飲ませてあげた。すると、再び話し始めた。

「書斎の机の引き出しに指輪ケースが入っている。それを陶子さんに渡してほしいんだ」

「え⁉　どういうことよ」

真凜はつい、きつい物言いになった。

「指輪だ。陶子さんに渡すつもりだったけど……渡せなかった。俺はこのままじゃ死ねない……」

真凜は何が何だかわからなくなった。父と陶子は、ケンカ別れしたはずではなかったか。おぼろげながらも、言い争いをする父親と陶子の声で、昼寝から目が覚めてしまったことが記憶に残っている。原因は、陶子が別の男の人を好きになったからと父親から聞いていた。つまり、父と二股をかけていたということだ。

　こんなにも歳月が経っているというのに、まだ陶子に未練があるなんて。真凜にはとても理解できない。それだけではない。陶子は、幼い私を捨てるようにして、突然に姿を消したのだ。私は、陶子が新しいママになってくれるものと、信じていたのに……。

「今でも愛してるって伝えてくれ……」

「え⁉」

　父の言葉をとても受け入れることができなかった。

　聞かなかったことにしようとさえ思った。

　今も陶子が憎い。でも、これは父の遺言だ。さすがに拒むことははばかられた。

　四十九日の法要を終えると、真凜は実家に出かけた。そこで、父の言っていた指輪ケースを、書斎の引き出しに見つけた。

　ふたを開けると、歳月を越えて小さなダイヤが光り輝いていた。それを見てさらに憎しみが増した。真凜は心に決めた。陶子に会って、こう言ってやるのだ。

「陶子オバちゃんがいなくても、私は幸せになれたわ」

と。

さらに遺品の整理をしようとして押し入れを片付けていたら……。思わぬものが段ボールの中から現れて、啞然とした。それは、真凜が幼い頃、片時も離さずに持ち歩いていたテディベアだった。母が買ってくれた思い出の品で、寝るときは、必ず抱いてベッドに入った。

「それが、どうしてここに……」

段ボールからテディベアを取り出すと、懐かしくなり頰ずりした。すると、心の奥底から得体の知れない靄が湧き上がってきた。陶子が姿を消したその晩、学校から帰るとテディベアが無くなっていた。真凜は、陶子が持ち去ったか、捨てたのだと思い込んでいた。

それなのに、なぜここにあるのだろう。

「ええなぁ、うちはここの萩が好きで、毎年観に来ますんや」

「ほんま、きれいやわぁ」

もも吉は、亀山陶子と待ち合わせをして、京都御苑のすぐ東側にある梨木神社を訪れた。梨木神社は、明治維新に貢献した公家の三條實萬・實美父子を御祭神とし、長い参道につらなる萩が有名なことから「萩の宮」と称せられている。

水色の細やかな菊模様の着物に、黒の塩瀬で一輪の糸菊の柄の帯。帯締めは水色と、秋らしい佇まいで出かけてきた。

もも吉は十五で舞妓、二十歳で芸妓になった。その後、母親の急逝によりお茶屋の女将を継いだが、今は衣替えをして甘味処「もも吉庵」を営んでいる。苦労人のもも吉を頼って、花街の人たちが密かに相談事に訪れる。それをもも吉は、時に厳しく、時に包み込むようなやさしさでアドバイスをする。

陶子は、もも吉がその昔、お茶屋の女将をしていた頃に親しくしていた芸妓・藍子の娘だ。

高校を卒業すると、もも吉の伝手で京都の旅館が作る組合で事務の仕事に就いた。そこで出会った旅行代理店の男性と恋に落ち、結婚。一年後には、女の子を授かった。夫婦の生活は子ども中心になり、「熱を出した」「立ち上がった」「花の絵を描いた」などと、一喜一憂する日々を送っていた。

ところが四歳の誕生日を迎えたばかりの娘が、命を落としてしまう。買い物をしている最中、ちょっと眼を離した隙に、チョウチョを追い掛けて大通りへ飛び出してしまったのだ。それがきっかけで夫と不仲になり、ついには離婚してしまった。

この時、まだ二十七歳。

陶子は、背負いきれぬほどの不幸に、押し潰されそうになった。もも吉は、病気で入院していた藍子に頼まれ、片時も目を離さず陶子に寄り添った。

「美都子（みつこ）は、ここの萩がちょうど見頃になると教えてくれるんや」

美都子はもも吉の娘で、夜は祇園甲部（ぎおんこうぶ）のお座敷で芸妓、昼間はタクシードライバーをしている。そのため、あちらこちらの花の名所を巡ることが多く、春には梅、初夏には沙羅双樹（さらそうじゅ）などが開花し始めると、「お母さん、そろそろどすえ」と教えてくれるのだ。陶子がぽつりと言う。

「うちは、なんやしら萩に魅（ひ）かれます。少し儚（はかな）げなところが、心ん中に沁（し）みてくる気がして」

もも吉は、陶子に「伝えるべきかどうか」と迷いながら、ここへやって来た。

つい先日のことだ。「もも吉庵」に、知らぬ女性の声で電話がかかってきた。

「あの～、そちらはもも吉さんのお宅でしょうか」

「へえ、うちがもも吉どす。どちらさまでしょう」

「あ、たいへん失礼いたしました。私は、岐阜の渡辺真凜、旧姓、西山真凜と申します。父からもも吉さんの連絡先を教えてもらいまして」

もも吉は、「岐阜の西山」と言われ、ハッとした。遠い記憶ではあるが、その昔、陶子からひんぱんに耳にしていた名前だ。

「へえ、それで、どないなご用件でしょう」

「そちら様に伺えば、亀山陶子さんの居所がわかると聞いておりまして。父と私は、もう二十年以上も前のことになりますが、陶子さんとご縁があった者です」

もも吉は、即答を避けた。陶子から、「万一、岐阜の西山某から連絡があっても、取り次がないでほしい」と、頼まれていたことを思い出したからだ。とっさに、もも吉は方便を使った。

「かんにんしとくれやす。歳のせいか、二十年も前のこととなりますと、すぐに頭に浮かびまへん。ところで、なんで二十年も経って電話をくださったんどすか」

「はい、父の伸夫が、亡くなりまして……。その父から、亡くなる少し前に、陶子さんへの預り物を託されたのです」

「それはそれは、ご愁傷さまでございます」

「恐れ入ります」

「もし、思い出しましたら、こちらから連絡させていただきますが、いかがでしょう」

「はい、よろしくお願いいたします」

もも吉は、「その預り物とはなんでっしゃろ」と尋ねず、女性から連絡先の携帯番号を聞いて、電話を切った。それを聞けば、何か問われた場合、答えなくてはならなくなるだろうと考えたからだ。

陶子からは、取り次がないようにと頼まれている。しかし、「預り物」というのが気になる。さらに、「岐阜の西山伸夫」が亡くなったということを聞けば、陶子はかつての悲しみが蘇り、再び苦しむことになるのではないかと心配した。

もも吉は、萩を愛でるのを堪能したところで、場所を替えようと思った。

「せっかくやから、甘いもん食べて行こか」

「そやったら、もも吉お母さん。寺町のスマート珈琲まで足伸ばして、ホットケーキ食べたいわぁ」

「それはええなぁ」

スマート珈琲店は、創業昭和七年（一九三二）。珈琲だけでなく名物のホットケーキも一子相伝で代々味を引き継いでいる。それを目当てに、いつも行列ができる。

もも吉は、自家製プリンも注文し、陶子と分け合って食べた。

「あのな、陶子ちゃん。実は、話があるんや」

「はい」

もも吉は、思い切って陶子に話すことにした。

「岐阜の真凜ちゃんから電話がありましたんや」

「え⁉　真凜ちゃんから？」

西山伸夫が亡くなったことを伝えると、陶子は言葉を失った。少しして、眼を閉じると、そっと両手を合わせた。

「陶子ちゃんに会いたいて言うてはる。どない返事しよ」

「もも吉お母さん、それはもう終わったことどす。昔、お願いしました時と、今も気持ちは変わってまへん」

「そやなぁ、陶子ちゃんの居所は知らへんて答えまひょか。そやけどなぁ、真凜ちゃんなぁ、伸夫さんから預り物があって、それを陶子ちゃんに渡すために京都へ来たいて言うてはった」

「預り物って……」

「うちも、そこまでは訊けなんだ」

もう二十年以上も前の話だ。

もも吉が芸妓をしていた頃の友達が、芸妓を辞めて故郷の岐阜に帰ってスナックを開業することになった。そこでもも吉に「誰か店を手伝ってくれる女の子を紹介してほしい」と頼んできたのだ。給料も十分に弾(はず)むと言う。

誰でもいいという訳にはいかない。

何より人柄が重要になる。

離婚した陶子は、いっとき「うつ」になり仕事も何も手につかなかった。それが少しずつ回復し、料亭で仲居(なかい)をしながらコツコツとお金を貯め、「いつか自分の飲食店を持ちたい」という夢を抱くまでに、明るくなっていた。

陶子にスナックの話をすると、「飲食店を始める勉強になるから、ぜひ」と言い、話はすぐに決まった。

いざ、スナックがオープンすると、陶子にご贔屓(ひいき)のお客様が付き、店は大繁盛した。それだけではなかった。ここで陶子は、ふとしたことから、再び結婚を意識する男性と出逢うことになる。

その男性には死別した奥さんとの間に、女の子がいた。

それが真凜だ。

普通なら連れ子を嫌がるものだ。しかし、陶子はまったく気にすることなく可愛がった。男性の人柄は温厚で、陶子にやさしくしてくれるという。「もも吉お母さん、うち好きな人がでけた。ずっと岐阜に住むことになるかもしれへん」と聞いていたので、てっきり一緒になるものと信じ込んでいた。

　ところが、突然、陶子は男性との恋を諦め、京都に帰って来てしまった。

「うちはこの二十年間、片時も忘れることなくずっとずっと真凜ちゃんの幸せを祈って生きてきました。そやけど、あの娘はうちのこと憎んでるに違いないんです。そやから、会わん方がええんやないかと……」

　もも吉は、できるかぎり陶子の言う通りにしたいと思っている。しかし、後悔先に立たず、という諺もある。

「あんた、この先もずっと憎まれたままでええんか？」

「へえ、そう心に強う決めて生きてきましたさかい。それが、真凜ちゃんのためです。あの時、そう決めたんです。ただ、伸夫さんが真凜ちゃんに預けたいう物がなんなのか気にはなります」

「うちもや。会えば二人とも辛いやろう。そやけど、もう二十年も前の話や。ほんまのこと言うてあげても、ええんやないやろか？」

　陶子は、眉をひそめて暗い顔つきになった。しかし、すぐに思い直したかのように笑顔で言った。

「へえ、もも吉お母さんにお任せします」

　もも吉は、陶子と店を出たあと、寺町通のアーケードを下がって矢田寺へと立ち寄った。ここは、身代わりとなり地獄の苦しみから救ってくれる「代受苦地蔵」を本尊としている。正式名は金剛山矢田寺。

「陶子ちゃんを、長い長い苦しみから救ってやってください」

　もも吉は、手を合わせてそう願った。


　真凜は、亡くなった父から指輪を託されてしまった。返事を待つよりも先に、父は弱々しくもしゃべり続けた。

「お父さんのスマホに、もも吉さんという人の電話番号が入ってる。陶子さんが盆正月や連休に京都に帰った時、そのもも吉さんの家にお世話になってたんだ。お父さんは緊急の時のために、電話番号を教えてもらってた。だから、もも吉さんに連絡をすれば、陶子さんに取り次いでくれるはずだ」


　真凜は、もも吉なる人に電話をした。

　変わった名前の人がいるものだと思った。「吉」と付くので、なんとなく男性だと思い込んでいた。ところが、電話に出た女性は、「うちがもも吉どす」と答えた。その言葉遣いが、まるでドラマの世界の人のようで驚いてしまった。

「亀山陶子さんの居所を探している」と伝えたが、「記憶にない」と言う。一応、連絡先を伝えると、その翌日の夜に電話があった。

「陶子はんの連絡先、思い出しました。でもお教えする前に詳しいお話伺わせていただけたらと思いますさかい、もし、よろしければ、こちらまでお出かけいただけませんやろか」

真凜は、迷うことなく「はい」と答えていた。

真凜は、彩矢を学校に送り出すと、急いで京都へ出かけた。

もも吉から電話で、こう言われた。

「はじめてのお越しやと、ようわからへん思います。四条通と花見小路の角に『一力亭』いう大きなお茶屋があります。忠臣蔵の大石内蔵助が遊興したことで知られてるところです。その前で、電話しとくれやす。うちのもん、迎えにやりますさかい」

待ち合わせの場所に着くと、京町家が道の両側に続いていることに驚いた。ここで、ようやく合点がいった。もも吉は、花街の人なのだと。

「あの〜渡辺真凜さんですか？」

声を掛けられて、振り向く。

「もも吉の娘の美都子です。お迎えに上がりました。お疲れやと思いますが、すぐ近くやさかい、うちに付いて来てください」

タイトなスキニージーンズに、ネイビーのブルゾンを羽織っている。胸のところに付いた小さなロゴが目に留まった。海外の有名ブランドだ。一見、カジュアルに見えるが、とても自分では着こなせないとわかる。

いったい、どこへ連れて行かれるのだろう。大きな通りを左へ曲がる。すると、今度は、人さえもすれ違うのがやっとという小路を右に曲がった。

「ここどす」

美都子が、格子の引き戸を開けると、転々と連なる飛び石が見えた。「こちらへ」と誘っているかのように思えた。石の一つひとつは、雨も降っていないのに、しっとりと濡れて光っている。

奥へ奥へと進み、上がり框を上がった。襖を開けると、L字のカウンターに丸椅子が六つ。その向こうの畳敷きに、着物を着た女性が座って出迎えてくれた。

「ようおこしやす。もも吉どす」

「こんにちは……渡辺……真凜です」

「さあさあ、挨拶はええから座りなはれ」

真凜は入口近くの椅子に腰かけた。店には先客がいた。

カウンターの端(はし)に、お坊さんが二人座っている。

「こちらは、すぐ近くのお寺の隠源(いんげん)、隠善(いんぜん)さんや」

「建仁寺(けんにんじ)の塔頭(たっちゅう)・満福院(まんぷくいん)で住職をしております隠源言います」

「息子で副住職の隠善です」

「こっちに眠ってるんが、おジャコちゃんや」

丸椅子で丸まっているのは、アメリカンショートヘアーだった。さすが花街、猫までが気品がある。

ちょっと予想外のことで、真凜は臆(おく)した。もも吉と美都子とさえも初対面。なのに、さらに見知らぬ二人を前に、陶子の話をするのはためらわれた。

そんな心の中を読み取ったかのように、もも吉が言う。

「うちらは、みんな陶子さんのお店の大ファンなんや。隠源さんなんか、しょっちゅう飲みに行ってはるわ」

「お店って？」

と、真凜が思わず尋ねると、

「陶子さんは、スナックやってはるんや。僕もときどき、おやじと一緒に行きます。おやじが飲みすぎんようにお目付け役で」

と、隠善が教えてくれた。

「そうやった。先に謝らんとあかんかった。かんにんどすえ」

もも吉が、小さく頭を下げる。

「あんさんから電話をいただいた時、二十年も前のことで頭に浮かばへんとお答えしました。そやけどそれは、嘘なんや。うちはもちろん、ここにいるみんな、陶子さんと仲良しなんどす。そやから、あんさんのこと、いつでも陶子さんのお店にお連れすることができますんや」

真凜は、陶子のことを恨み続けてきた。しかし、今、どんな暮らしをしているかが気になっていた。二股をかけていた一方の男性と、幸せな家庭を築いてるのか。子どもはいるのか。どんな仕事をしているのか。それらを何気ない会話から知るためには、隠源と隠善にも同席してもらっていた方がいいかもしれないと思った。

「まあまあ、そんな怖い顔せんと。まずは麩(ふ)もちぜんざいでも食べなはれ。うちの店の名物どす」

もも吉はそう言うと、清水焼(きよみずやき)の茶碗(ちゃわん)を目の前に置いた。

続けて、隠源、隠善、そして美都子の前にも。

「どうぞ、召し上がっておくれやす」

隠源が、いかにもウキウキしているという表情で、一番にふたを開けた。

「あれ？　なんやなんや、今日のぜんざいは、匂いが違う（ちご）てる気がする」

「気のせいやないんか、おやじ」

するとと、もも吉の顔が綻（ほころ）んだ。

「さすがじいさんや。お医者さんに注意されてるにもかかわらず、お酒も甘いもんも止（や）められれへんだけのことはある。ええとこ気付いたなぁ」

「なんや、ばあさん。それはわてのこと褒（ほ）めてるんか、けなしてるんか？」

「褒めてるに決まってるやないか。これは新物（あらもの）の小豆（あずき）で拵（こしら）えたんや。お水につけておく時間も短（みじこ）うてええし、それでいてやわらこう煮えますんや」

真凜は、もも吉庵の面々の会話に心和（なご）まされ、木匙（きさじ）を取った。そっと口へと運ぶ。すると、小豆の匂いが、ふわ〜と鼻孔（びこう）に抜けた。たしかに、香りが高い気がする。二口、三口と続けて食べた。

「美味しい〜」

思わず口に出た。不思議なことに、それまで張り詰めていた心が、解きほぐされたような気がした。食べ終えて、お茶を一口いただく。その場の誰もが、「ほっこり」という顔つきをしている。

「幸せやなぁ」

と、隠源が言う。また、もも吉が茶化す。

「仏に仕えるもんが、そないな間の抜けた顔してたらあかんのと違いますか？」

「ええんや、まず自分が幸せにならんと、他人を幸せにでけへんさかいになぁ。それにしても、美味かったなあ」

真凜は、ハッとした。自分が幸せにならないと、他人を幸せにできない。さすが、お坊さんだけにいい事を言う。自分はどうなのだろう。そんなことを考えていると、もも吉に尋ねられた。

「真凜さん。あんさん、陶子さんとはどないな経緯がおありなんどすか？　うちはなぁ、陶子さんの親代わりどす。よろしかったら、聞かせてもらえますやろか」

真凜は、もも吉に見つめられたら、何もかも聴いてもらいたくなった。話したところで、何も解決するわけではない。でも、この二十年間も抱えてきた恨みつらみが、積もり積もって苦しくてたまらなくなっている。

「陶子さんと出逢う前、悲しいことがあったんです。あれは私が……」

気付くと、自然に言葉があふれてきた。それはまるで、心の淀みを吐き出すかのように。

小学校に入学する直前に、真凜は母親を亡くした。

病気が判明し、入院する前日までの毎日、お弁当を作ってくれた。ふたを開けると、幼稚園のクラスのみんなが駆け寄って来て「わ〜きれい」「おいしそう」と言われた。いわゆるキャラ弁だ。見栄えだけではない。母親の作る卵焼きは甘くて頬が落ちそうになった。

小学校は給食だが、遠足の日はお弁当を持って行くことになっていた。入学して早々の遠足は、父親が作ってくれた。でも、とても美味しそうには見えず、友達に見られるのも恥ずかしかった。実際に、卵焼きはしょっぱくて残してしまった。

今ならわかる。

妻を亡くして悲しみに打ちひしがれる中、慣れない料理と格闘して懸命に作ってくれたのだということを。それまで一度も、父親がキッチンに立ったのを見たことがなかった。母親がいなくなってから、朝ご飯は菓子パン。夕ご飯はスーパーのお惣菜とパックごはんだった。

子どもは、正直だ。

「ママのお弁当がいい〜」

そう泣きわめいて父親を困らせた。

一年生の秋の遠足では、お弁当箱を開けると、助六寿司が詰まっていた。一つ口にすると、乾燥してお米が硬くなっていた。そう言えば夕べ、父親がスーパーで助六寿司を買って帰って来たことを思い出した。そのお弁当は、パックからそっくり移しただけのものだった。

人に見られるのがいやで、慌ててふたを閉めてリュックに仕舞った。助六寿司は、こっそり公園のゴミ箱に捨てて帰った。幼いながらも、残して帰ったら父親に申し訳ないと思ったからだ。

二年生になった。

また遠足の日がやってきた。

真凜は、一年生の時のことが思い出されて憂鬱になった。もう「お弁当を作って」とは言わなかった。遠足の日の朝、ダイニングへ行くと、テーブルの上にコンビニのおむすびとサンドイッチ、そして紙パックのリンゴジュースが置いてあった。

「真凜、今日はそれを持って行きなさい」

真凜は、心の何かが壊れたような気がした。

「やだやだやだ〜！　ママのお弁当じゃなきゃいやだ〜」

一年前は、幼過ぎて「死」というものが理解できなかった。それが、母親がいなくなったという事実を少し受け入れられたのと同時に、淋しさが塊となって押し寄せてきたのだ。父親に悲しげな眼で見つめられた。それでも、

「やだやだ〜」

と、床にペタンと座り込み、泣きわめいた。

「勝手にしなさい！」

叱られて、真凜は、ますます声を張り上げて泣き叫んだ。

その時、ドアホンが鳴った。

父親は、「ああ、こんな時に……」とぶつぶつ言って玄関のドアを開けた。

「うるさい！　こっちは、明け方に疲れて帰って来て寝てるんやから」

アパートの隣の部屋のオバちゃんだった。父親が頭を下げた。

「す、すみません。今、静かにさせますから……」

オバちゃんが、玄関からリビングに座り込んでいる真凜の方をのぞき込んだ。そして、訝(いぶか)しげにぽつり。

「虐待？」

「いえいえ違います」

と、父親が慌てて首を振った。

「そやけど泣いてましたよ、大声で。とても普通やないくらい」

仕方なさそうな顔をして、父親は、

「実は……」

と、事情をオバちゃんに説明した。そうでもしないと、警察に通報されるのでは

ないかと不安になったのだろう。オバちゃんは、話を聞き終えると、

「わかったわ。何時に家を出るん？」

「……えっと、あと三十分もしたら」

「じゃあちびっと待っててや」

そう言い、オバちゃんは自分の部屋に戻って行った。そして、しばらくして戻って来た。

「夜中に帰って来ると、お腹が空くさかい、いつでもお茶漬け食べられるように炊飯器にご飯は欠かさへんようにしてるんや。はいっ、お弁当。これ持って遠足行って来ぃ」

「ありがとう、オバちゃん」

「オバちゃんやない、オネーちゃんやろ」

父親は、深々と頭を下げて礼を言った。

遠足のお昼に真凜がお弁当のふたを開けると、そこには今まで見たことのない形のおむすびが並んでいた。俵型だ。後（のち）に知ったことだが、オバちゃんの故郷の京都では、そういう形に、にぎるらしい。母親のおむすびは真ん丸で、クラスのみんなのおむすびも、真ん丸か三角だった。

その他にソーセージと卵焼きも入っていた。あんな短い時間に、ササッと作れる

なんて、魔法でも使ったのかと真剣に思ってしまった。

次の日曜日、父親と一緒に隣の部屋を訪ねた。お礼をするためだ。

「先日は、ありがとうございました。これ、つまらないものですが……」

と、父親がクッキーの箱を差し出した。駅前の洋菓子屋さんで買ったものだ。すると、オバちゃんは、不快そうな顔で突き放すように言った。

「そんなん、いらん」

「でも……」

「怒りますよ。お礼がほしくて、おむすび作ったんやない。あんまり、その娘が不憫やったからや」

真凜は、不憫という言葉の意味はわからなかったが、父親が悲しそうな表情をしたので、なんとなくその意味を嗅ぎ取った。

「かんにん。うちの言い方が悪かった。近くのスナックに勤めてるんやけど、明け方に帰って来るんや。あのまま泣き続けられたら、うちは眠れへんやろ」

「それは申し訳ありませんでした」

「そうや、このクッキー、三人で食べへん？　お店のママさんからもろた紅茶があるんよ」

そのままオバちゃんの家に上がらせてもらい、三人でクッキーを食べた。オバちやんは京都の人で、京都のいろんな美味しいお菓子の話をしてくれた。聞いているだけで、涎が出そうだった。

これがきっかけとなり、真凜たち父娘はオバちゃんと仲良しになった。

「私は、陶子オバちゃんと呼んでいました。たぶんあの頃、三十そこそこだったはず。失礼だったと思います。料理がとても上手で、夕方、仕事に出かける前に、私たちの夕飯を作ってくれました。それだけじゃなくて、私が小学校から帰ると、いつも手作りのおやつを用意してくれていて、ホットケーキとかおはぎとか、あんみつもありました……」

もも吉が微笑んで言う。

「ええ思い出どすなあ」

隠源が、法衣の袂で眼を拭いている。

「あかん、あかんでぇ。わて泣けてきてしもうた」

「そのうち、日曜日には三人で遊園地に出かけるようになりました。そうそう、陶子オバちゃんの仕事が休みの日には、添い寝をして絵本を読んでくれました。私は幼いながらも思いました。陶子オバちゃんが、ママになってくれたらいいな～て」

「それはほんまのことどすか？」

急に真顔になったもも吉に尋ねられた。

「はい、本当です。何より、母を亡くして落ち込んでいた父親が、陶子オバちゃんが現れたことで明るくなったこともよく覚えています。私にはそれが一番嬉しかった。本当に、久し振りに訪れた幸せなひとときでした……でも、でも……」

「でも？」

「ある日突然に、陶子オバちゃんがいなくなってしまったんです」


今もなぜだかわからない。

学校から帰り、隣の部屋に行くとドアが開かない。どこかへ出かけたのだろうか。いつも、おやつを作って待っていてくれるのに。こんなことは初めてで、夜になって父親に尋ねると、「夕べ、オバちゃんとケンカをしたんだ。それで腹を立てて出て行ったに違いない」と言う。

「陶子オバちゃんがいなくなったのと同時に、私が片時も肌身離さず持っていたテディベアが無くなったんです。添い寝してくれたりおやつを作ってくれたりと、私を可愛がってくれたのは、きっと父親の気を引くためだったのでしょう。父親とケンカしたことで、その必要がなくなってしまった。だから、父親を困らせてやるために持ち去ったか、それとも捨てたに違いないと思いました。それにそれに……」

「それに、どないしたん？」

「その週末には、学校の遠足がありました。陶子オバちゃんは、私に約束してくれていました。また、おむすびのお弁当を作ってくれるって。今度は、シュウマイも入れてくれるって……。私は、何日も泣き暮らしました。遠足も、ずるして休んでしまいました」

真凜は、その頃のことが、脳裏に焼き付いて離れない。それまで暮らしていたアパートの部屋が、灰色に見えるようになった。それはきっと、悲しみの涙のせいだと思った。

「それからなんです。おむすびが嫌いになったのは。食べることができないだけではありません。作るのはもちろん、人が近くで食べているのを見るだけで、気分が悪くなってしまうのです」

「う〜ん、それは重症やなぁ」

隠源が、腕組みをして顔をしかめた。美都子は、

「可哀そうやなぁ」

と言い、ハンカチを取り出して瞳に当てた。

「来週は、娘の彩矢が通う小学校の遠足なんです。娘は、おむすびのお弁当を作ってほしいと言います。でも、でも、作れないんです。おむすびのことを思い出すだ

けで、心の中の色が消えて無くなるんです。あの日の悲しみで真っ暗になってしまうんです」

もも吉が、

「それで、陶子さんへの預り物いうんは、なんなんどす？」

と尋ねた。真凜は、心の中につかえていたものをすべて吐き出したことで、少しだけだが心が軽くなったような気がしていた。京都まで来ることは来た。でも、陶子オバちゃんに会う必要はないのではないかと思い始めていた。

「指輪です」

「指輪ていうと？」

「父は、陶子オバちゃんにプロポーズしようとしてたのでしょう。でも、渡せなかった。二股かけられてることがわかって、ケンカして……」

「二股やて？」

「これです」

と、真凜はバッグから指輪のケースを取り出して、みんなに見えるようにカウンターの上に置いた。誰も、「開けて見せて」とは言わない。それはそうだろう。私だって、二度と見たくない。父親の遺言を果たして早く岐阜に帰りたくなった。

「もも吉さん、お願いがあります。ご迷惑なのはわかっておりますが、これを、陶子オバ……陶子さんに渡していただけないでしょうか。父からだと言って……。ただ、もし陶子さんがご結婚されているなら、持って帰ります」

もも吉は、真凜の瞳をのぞき込むようにして答えた。

「よろしおす。そやけど、『受け取れへん』て言われたらどないします？」

「捨ててもらっても、どこかに売っていただいても……」

真凜は、自分の無責任な言葉に声が詰まった。

「よほど、陶子さんのこと、恨んではるんやなぁ」

そう正面から言われると、「はい」とは答えづらい。真凜は、小さく頷いた。

真凜が顔を上げたその瞬間、もも吉の眼差しが一変した。

一つ溜息(ためいき)をついたかと思うと、裾(すそ)の乱れを整えて座り直す。背筋がスーッと伸びた。帯から扇(おうぎ)を抜いたかと思うと、小膝をポンッと打った。ほんの小さな動作だったが、まるで歌舞伎役者(かぶきやくしゃ)が見得(みえ)を切るように見えた。

「あんさん、自分で自分を苦しめてはるんと違いますか？」

「え!?　自分で自分を、とは？」

「あんさんが、陶子さんを恨んで憎んでいるという気持ちはようわかりました。そやけど、『恨む』『憎む』いう思いは、相手には届きまへん。恨んで恨んで、憎んで憎むほど、自分の心が傷つくだけどす」

もも吉の言葉に、真凜は息を呑んだ。その通りだ。ずっと、自分は自分を痛め続けてきたのだ。だからといって、どうしたらいいのかわからない。

「このまま、岐阜に帰られてもかましまへん。指輪はしかとお預かりしまひょ。そやけどなぁ。この後また十年、二十年と、あんさんの心ん中の恨み憎しみはさらに大きゅうなっていくんやあらしまへんか。それよりも、辛いことから逃げんと、前向きに生きること考えた方がええんやないか、そない思いますがどないでっしゃろ」

たしかに、その通りかもしれない。でも、陶子に会ったら、ひどいことを口にしてしまいそうで怖かった。

隠源が言う。

「真凜さん。もも吉に、任せてみたらどないやろう？　これでももも吉は、大勢の人の悩み事聴いて、幸せになるよう導いてはるんや」

「これでも、は余計や」

と、もも吉が隠源を睨む。真凜は、もも吉にこの身を託してみようと決めた。

「どうぞ、よろしくお願いいたします」

もも吉は、美都子に頼み、真凜を連れてタクシーで出町桝形商店街まで送ってもらった。その車内でもも吉は、真凜に陶子が今も独り身であることを伝えた。

西日が差し、鴨川沿いの川端通は赤く染まっている。ずいぶん、日が傾くのが早くなった。アーケードの入口で降りると、真凜が不安げに訊く。

「こんな商店街に、スナックがあるんですか？」

「いや、スナックやない。子ども食堂や」

「え⁉　子ども食堂って……」

もも吉は、商店街をどんどん奥へと進んで行く。両側に、文具店、菓子店、料理店、薬局などさまざまなお店が並ぶ。もも吉は、アーケードを突き抜けると、通りを右に曲がった。ほどなく、一軒のお店の前で立ち止まる。

「ここや」

もも吉が、見上げて指を差す。その先に、「子ども食堂　海の家」という看板が掲げられている。海鮮料理をメインにした子ども食堂なんだろうか。

店の前に、子どもたちが数人、しゃがんでアニメのカードで遊んでいる。

「あんたら、車、気ぃつけなはれや」

と注意すると、一斉に、

「は〜い」

と答えて、側溝近くまで下がって再び遊び始めた。

「陶子さんは、夜はスナック、昼間は子ども食堂を営んではる。河原町にあるスナックは、この店をやっていくための資金稼ぎや。ほんまにやりたいのは、最初からこっちの方やったて言うてはる」

もも吉は、戸惑う真凜をよそに、扉を開けて中に入る。元は、うどん屋だったのを改装して、席数を増やした。少しでも大勢の子どもに来てもらうためだ。

今日も大賑わい。席はほぼ埋まっている。オープンキッチンの陶子と眼が合った。チラリと、その視線が真凜にも向けられたが、すぐにもも吉に戻された。陶子が遠くから大声を張り上げた。

「あ〜、もも吉お母さん、もうてんてこまいや」

「一人ではたいへんや。手伝いまひょか？」

「私もお手伝いさせてください」

と、真凜が戸惑いながらも手を上げた。

「ボランティアの学生さんが、風邪ひいて休んでしもうたんや。お願いします！」

それから、もも吉は大忙しだった。真凜と一緒に、夕食のプレートを運んだり下げしたり、食器を洗ったりする。テーブルを拭くと、また次の子どもがやって来る。

プレートの上には、小さな俵型のおむすびが三つ。そして、鶏の唐揚げとニンジンなどの温野菜が載っている。最初、真凜の手が小刻みに震えているのが見てとれた。おむすびにトラウマがあるのは、本当らしい。それでも、懸命に手伝ってくれた。

食べ終わった子どもの中には、テーブルに学校の宿題を広げる者もいた。「教えて」と言われたらどうしようと思った。しかし、それはもも吉の杞憂だった。上級生が、進んで下の子の面倒を見る。久し振りに来たが、子ども食堂というより、学童保育所のような意味合いが濃くなっているようだ。

これも、陶子の人柄と、努力の賜物だと思った。

あちらこちらから、

「しょうゆが無い！」

「エミちゃんが味噌汁こぼした」

「ねえねえ、友達も連れて来てええ？」

などと、次から次へと声があがる。慣れない子ども相手の仕事で、もも吉は疲れ果ててしまった。気付くともう午後八時だ。ようやく閉店。テーブル席にぐったりとして座っていると、陶子がお茶を淹れて持ってきてくれた。

「もも吉お母さん、おおきに。助かりましたわ」

「陶子さん、お疲れ様。あんたもここ座りぃ」

「はい」

陶子と真凜が向かい合った。

二人とも、お茶を飲んで黙っている。真凜が、沈黙に耐え切れなくなったらしく、先に口を開いた。

「陶子オバちゃん、ご無沙汰しています」

陶子は、もも吉が店に入って来た時、すぐにわかった。

後ろにいるのは、真凜だと。

二十年経っても、目元、口元にはっきりとした面影がある。もちろん、今夜、真凜を連れてくることは聞いていた。しかし、いざ顔を見ると、胸が破裂しそうなほど鼓動が激しくなった。駆け寄って抱きしめたい。その気持ちを堪えるのが苦しくてたまらない。

子どもたちが帰って行き、店内はがらんとした。

すると、今度は急に心がチクチクと痛み出した。真凜にどう謝ったらいいのだろう。真凜は、私のことを恨み憎んでいるに違いない。当然だ。「あの日」、何も言わずに去ったのだから。約束していた遠足のお弁当も作らずじまいで。でも、それは、父親の伸夫と再三にわたって相談してのことだった。

伸夫は、陶子の苦しみを理解し受け止めてくれた。


真凜はここへ来るまで、どうやって顔を合わせていいのか、悩んでいた。ひどい言葉を投げつけてしまうのではないかと思うと、自分が怖くなった。

しかし、一つ言葉が出ると、次々に心の中のものがあふれ出てきた。

「父が亡くなりました」

「聞きました。ご愁傷様です。知らんこととはいえ、お葬式にも伺えんとごめんなさい」

「いえ……」

「立派に育って……ご家族は？」

「夫と女の子が一人」

「そうか、それはよかったなあ」

「なんで……」

「……」

真凛は、意を決して言った。心の中の塊を吐き出すように。

「なんで、あの時、突然、黙っていなくなったんですか？」

「かんにんや、かんにんやで」

身体（からだ）を丸めるようにして謝る姿は、真凛の記憶にある陶子よりも、ずっと小さく見えた。初めは、父親から託された指輪を渡すだけのつもりで会いに来たはずだった。なのに、顔を見るとつい責めるような口調になってしまう。

「謝ってほしくて言ってるんじゃないんです。なぜ私たちを捨てたんですか！　私はあの日のことを忘れることができないのです。ずっとずっと、悲しくて苦しくて……陶子オバチャンは京都に帰ってそれでお仕舞いだったかもしれませんけど」

「ほんま、かんにんや」

ただ謝るだけの陶子に代わるようにして、もも吉が言う。

「真凛さん、それは違（ちご）うてますえ」

「え？」

「陶子ちゃんはなぁ、あんたと別れたあとも、あんたのことを片時も忘れずに思い続けていたんや」

「そんなの嘘です」

真凜は反射的に言い返してしまった。

「嘘やない」

陶子が、蚊の鳴くような声で言う。

「ううん、うちはずっと……真凜ちゃんのこと思い続けてきました」

「嘘や！　嘘!!」

もも吉が真凜を見つめて、諭すように言った。

「ほんまのことや。それはこのお店の名前に込められてるんや」

「名前って」

たしか、「海の家」と表の看板に書かれていた。まるで海水浴場のような名前だ。海鮮のメニューがメインなのかとも想像したが、先ほどの夕飯のプレートは、おむすびに唐揚げと野菜だったので「妙だな」とは思っていた。

「あのな、陶子ちゃんはなぁ。この店にあんたの名前を付けはったんや」

「私のって？　どういうことですか」

「あんたなら、わかるはずや」

真凜は、首を傾げた。「あんたならわかる」とは……。

「え!?　まさか『海の家』って!!」

「気付かはったんやな」

「私の名前のマリンは、英語で『海の』という意味です」

陶子が言う。

「かんにんな、勝手なことして。真凜ちゃんのことが忘れられへんさかい、『真凜の家』いう名前を付けてしもうたんや」

真凜は、予想外のことに言葉も出ない。陶子に、悲しげな瞳で見つめられ、身動きができなくなってしまった。

もも吉が、真凜の方に向き直って言う。

「どうでっしゃろ。陶子ちゃんの話、聞いてもらえへんやろか？」

「……はい」

真凜は、小さく頷いた。

「これはあんたにとっても、辛い話になるかもしれへん。そやけど、辛いことと向き合うんが悪いとは、うちは思うてへん。人は辛いことを乗り越えて幸せになるもんやからなぁ」

「辛い話って……どういう……」

陶子は、真凜から視線をずらし壁のカレンダーを見た。そこには、眩しいほどの嵐山の紅葉が写っていた。陶子が話を始めた。

「二十年前、うちは『もう二度と真凛ちゃんには会わへん』て、心に誓って京都に戻りました。なぜやいうたら……」

真凛は陶子の言葉を待った。しかし、陶子は急に取り乱すようにして、

「あかん、お母さん……」

と、もも吉をすがるように見た。もも吉が、小さく頷く。

「わかる、わかるで。そないしたら、うちがあんたの代わりに、真凛さんにほんまのこと話しまひょか」

「……お願いします」

「ほんまのこと」とは何なのか。真凛は、これから何か良くないことを知らされるのではないかと、怖くなった。しかし、もも吉に身を任せると決めたのは自分だ。

もも吉の方へと向き直り、姿勢を正した。

「あんさんは、小そうて何もわからへんかったんや」

「小さくて？」

「陶子ちゃんはなぁ、あんたを捨てたんやあらしまへん」

「え⁉」

「陶子ちゃんはなあ、あんたを愛してたそうや」

「そんな……嘘！」

「嘘やない」

(愛してくれていたなら、なぜ……)

もも吉の瞳が僅かに開いた。

「陶子ちゃんはなぁ。お父さんのことよりも、先にあんたのことを好きになってしもうたんや。それで、『この娘のママになれたら、どないに幸せやろう』て思うたそうや」

「なら……どうして？」

真凜は陶子を見た。うつむいてハンカチで眼を押さえている。

「陶子ちゃんは若い頃、一度結婚したものの、上手くいかんかったこと聞いてはりますか？」

「い、いいえ……」

初耳だった。自分が小さかったこともあるのだろう。ひょっとしたら父親は知っていたかもしれないが、今はそれを知る由もない。

「陶子ちゃんが、岐阜のスナックで働く少し前のことや。買い物をしている最中、ちょっと眼を離した隙に、娘さんが大通りへ飛び出してしもうた。四歳やった。その年代の子いうんは、興味があるもんに眼ぇ奪われると他になんも見えんようになる。チョウチョを追い掛けていたそうや。それで、車に……」

「いやっ」

真凛は、その先を想像してしまい、眼をつむって身体を縮めた。それがもし、自分の娘の彩矢だとしたら……と考えるとゾッとした。

「陶子ちゃんはなぁ、明けても暮れても、『うちのせいや』と自分を責めはった。最初は、『そんなことない』と励ましてくれてた夫との心の距離が、だんだん広がっていく。ついには、別れることになってしもうたんや。『辛くてたまらない気持ちは、夫も同じやったはずです。うちは、そんなことにも気付いてあげられへんかった』って、あとになって聞きました」

知らなかった。陶子にそんな辛い過去があっただなんて。

「お母さん、やっぱり、うちから話させてください」

「ええか、でけるか？」

陶子がハンカチを握りしめ、再び、真凛に顔を向けた。

「うちは、隣の部屋から騒々しい声が聞こえた時、腹の底から『憎らしい』て思いました。娘を亡くした私は、娘が生きていたらと思う同じ年頃の子どもを見るだけで、悲しみに襲われて気分が悪うなったからです。怒鳴り込んだ隣の部屋で、父親が困り果てた顔をしてはりました。それが伸夫さんでした。奥の方をのぞくと、女の子が床に座り込んで泣いてました。真凛ちゃんです。父親に事情を聴くと、今日は遠足で、娘がおむすびのお弁当でなければ嫌やと、わがままを言っているということでした。怒鳴り込んだつもりでしたが、私は引き返しておむすびを作りました。嬉しかったんや思います。真凜ちゃんに、おむすびが握れて……」

真凜は、思わず尋ねていた。

「どうしてですか？」

「亡うなったうちの娘……美湖いうんやけど、保育園の遠足の準備で、家の近くの百円ショップへ買い物に出かけた日のことやったんです。美湖と一緒に、お弁当箱やらバランやら買うて、そうそう、新しい水筒も。でも、でも……それを使うことはでけませんでした」

「そんな……」

「真凜ちゃんが、ダイニングで泣いているのを見て、思うたんです。これは、もう神様の思し召しに違いないて。『あんた、この娘のために、おむすび作ってやりなはれ』ていう神様の声が、たしかにうちの耳には聞こえたんです。だから、あの日の朝に握ったおむすびは、ほんま申し訳ない思うけれど、美湖のためにと心を込めたものやったんよ。かんにんや……」

あの日のおむすびが、まさかそんな思いで作られたものとは……。真凜は、思ってもみなかったことを聞いてしまい、胸が苦しくなった。

「その後、仲夫さんと真凜ちゃんと仲良うなったんは、知っての通りや。たしかに、最初は、亡うなった美湖のために作ったおむすびやったけど、知らぬ間に真凜ちゃんのために、毎日のおやつを作るようになってたんや。ホットケーキにおはぎ。プリンとかシフォンケーキを作ったこともありましたなぁ」

真凜は、素直な気持ちを打ち明けた。

「美味しかったです。なんてお菓子作りの上手な人かと感心していました。私も大きくなったら、子どもにおやつを作ってあげたいなぁって」

目の前にいるのは、二十年も恨み憎み続けてきた人だ。なのに、なぜか怒りが湧いてこない。でも、許している訳ではない。今日は気持ちをぶつけて、父からの「預り物」を渡すために来たのだと、自分に言い聞かせた。なのに、次々と知らなかったことを聞かされ、頭の中が混乱している。

「実は、うちはお菓子なんて、あの時まで一度も作ったことありまへん」

「でも……おむすびとかおかずとか」

「料理とお菓子は別もんや。本屋さんへ行って、お菓子作りの本をぎょうさん買うて、見よう見まねで作ったんや。真凜ちゃんの笑顔が見とうてなぁ。あの頃は、スマホなんて便利なもんなかったさかい」

真凜は、もう一度、尋ねる。

「でも、でも、それならなぜ、父と私を捨てたんですか！」

陶子は、

「かんにんや」

と言った。また同じことの繰り返しだ。

「それは……」

何か迷っているのが見てとれた。

「それは、真凜ちゃんを愛してたから……」

「そんな……」

真凜は、陶子が何を言わんとしているかわからない。

「あのな、うちが仕事がお休みの日、絵本読んであげたこと覚えてはりますか」

「は、はい」

真凜ははっきりと覚えていた。その絵本が何だったのかさえ、頭に浮かべることができる。

「『もっと読んでぇ』って、いつも真凜ちゃんは駄々こねはった。『もう少し』てなぁ。『じゃあ、もう一冊読もか』て言いながら、うちも真凜ちゃんに喜んでもらえるのが、嬉しくて仕方がなかった。うちはだんだんと思うようになった。真凜ちゃんのママになれたらええなあ〜て。仲夫さんとも、どんどん仲良うなって、口に出さんでも『ああ、近いうち、この人にプロポーズされるかも』て思うようになってたんや。ただな、ある日、ドキリとすることが起きたんや」

「ドキリって？」

「添い寝してる時、真凜ちゃんが寝言を言うたんや。『お母さん、お母さん』てな」

「え⁉」

「そうや、亡くならはったお母さんのことや。それも一度や二度やなかった」

そう言いつつ、陶子は一つ溜息をついた。

「三人で遊園地に行った帰りの電車の中でも、『お母さん』て寝言を言うたんや。するとな、前のつり革に摑まっていた子ども連れの女性が言わはった。『夢にまでお母さんが出てくるなんて、幸せですねぇ』て。うちは、思わず声を上げてしもうた。『違います』て」

真凜は、ショックで言葉を失った。

そんなことを口にしていたなんて……。

「かんにんや、真凜ちゃん。うちはあんたのママになりたい思うた。でも、あんたの心ん中には、本当のお母さんがいてはる。お母さんとの思い出を大切にして生きていってほしい。そやけど、うちはあんたが『お母さん』て寝言を言うたび、身体が凍り付いて息がでけへんようになった。うちは、亡くした美湖と、あんたを、いつの間にか重ね合わせて見てしもうてたんかもしれへん。それでも、あんたのことが好きになってしもうた。愛してしもうた。そやけど、愛してはあかんことに気付いたんや。正直に言うわな。うちは、あんたの心ん中のお母さんに嫉妬してたんや」

「そ、そんな……」

「それで……仲夫さんに訳を話しました。仲夫さんは『真凜に言って聞かせる』て言わはった。そんなん、あかんに決まってる。真凜ちゃんのお母さんは、一人や。このままでは、もっともっと辛うなる。そやから、あんたが学校に行ってる間に、こっそり姿を消すことにしたんや」

真凜は、胸の中で、何かがよじれて言葉が出てこない。それでも、絞り出すようにして訊いた。

「でも、でも……私のテディベアは？」

「テディベア？　ああ、真凜ちゃんがいつも、抱いて寝てたクマのぬいぐるみやね。それがどないしたん？」

「陶子さんがいなくなった日に、家に帰ると消えていたんです」

「ああ……」

陶子は、ハッと何かを思い出したような顔つきをした。

「ひょっとしたら……仲夫さんと、クマのぬいぐるみのことでケンカになったことがあるんよ。仲夫さんな、うちが出て行くのを引き留めるために、ぬいぐるみを捨ててしまうて言い出したんや。そうすれば、あんたがお母さんのこと忘れられるやろうって。あれは、お母さんが買うてくれた大事なもんなんやてなぁ。『そんなんしたら、絶対あかん』て言うて、言い争いになったんや。仲夫さんは、『最初はきっと泣きわめくだろうけど、そのうち慣れるだろう。母親のことも、いつまでも引きずってたら、前に進めない』なんて言わはるから。そんなんはあかん。思い出は大切や。うちのここにも、美湖がいる、て」

そう言い陶子は、自分の胸にそっと手のひらを置いた。

「父が亡くなったあと、遺品整理をしていたら押し入れの段ボールからテディベアが出てきたんです」

「そんなあほな。仲夫さんが隠さはったんやな。何してはるんや、いったい。そやけど、お父さんのこと、恨んだらあかんえ。お父さんとお母さんは、大恋愛して結婚したて聞いたことがある。お父さんも、お母さんのことが忘れられへんで辛かったんや思う」

真凜は、陶子の手を取り言った。

「ごめんなさい。私、ずっと陶子オバちゃんのこと誤解して憎んでいました。ごめんなさい、ごめんなさい……辛かったのはオバちゃんの方だったなんて。私、なんてことをしてしまったの……」

「ううん、悪いのはうちの方や。ただ、あの頃はうちも若(わこ)うて、どないしたらええんか、ほんまにわからへんかった。ただ、うちも辛かった。自分中心にしかものごとが考えられへんくて、悶(もだ)えてしもうた。そのあげく、逃げ出してしもうたんや」

もも吉が、そっとハンカチを差し出してくれた。気付くと、涙があふれていた。

「もも吉さん、陶子オバちゃんのところに連れて来てくれてありがとうございます。このまま、会わずに帰っていたら……私、私……この先もずっと恨んで恨んで憎み続ける人生を送っていたと思います」

　真凜は、心の底に沈んでいた重石(おもし)が消え去り、息をすることさえもが軽くなったような気がした。陶子が、言う。

「うちな、京都に戻ったあと、ずっと考えてたんや。あの頃のあんたみたいに、お母さんが亡(の)うなったり、生活が苦しゅうてご飯が三度、食べられへんような家の子らに、なんやでけへんやろうかて。そないなこと考えながら、スナックをやってたら、ある日、新聞で『子ども食堂』いうもんが全国のあちこちにでき始めたていう話を読んだんや。これやっ！　て思うた。でも、すぐにはでけへんさかい、お金貯めて、ええ物件探して、ボランティアさん募って、ようやく五年前に『海の家』のオープンに漕ぎつけたんや。おかげさまで、大勢の子どもらが来てくれる。うちの店は、親も一緒に来てもええことになってる。家族で食べるんが、一番美味しいさかい」

もも吉が、言う。

「陶子ちゃんはなぁ、あんさんの顔を思い浮かべながら、今も毎日、おむすび握ってるんやそうや。もう何万個、何十万個握らはったことか」

真凛は、さらに零れる涙を止めることができない。

陶子は、何か思いついたようにして立ち上がった。そして、キッチンに入ったかと思うと、再びお盆を持って現れた。

「真凛ちゃん。これ、食べてもらえたら嬉しいんやけど」

小皿に、俵型のおむすびが二個載せられていた。

ずっと、食べられなかったおむすびが、目の前にある。作ることも、見ることさえも嫌だったおむすびだ。でも、無意識に手が伸びていた。

真凛は、一口頬張った。残りも、口に押し込む。

「慌てて食べたらあかん。お茶やお茶！」

もも吉が、湯飲みを差し出してくれる。

「陶子オバちゃん……美味しい」

「そうか、美味しいか。おおきに。おおきに」

「あっ、いけない」

真凛は、バッグから指輪ケースを取り出して、陶子に恭しく差し出した。

「父から亡くなる直前に託されました。代わりに渡してほしいって。どうぞ、開けてみてください」

陶子が、一瞬、間をおいて手を伸ばす。震える指でふたを開けた。

「父からの言葉も預かっています。『今も愛してる』と……」

「おおきに、おおきに……伸夫さん」

「陶子オバちゃん、付けてみてくれる？」

もも吉が、穏やかな口調で言う。

「真凛さん、あんたが付けてあげなはれ」

「はい」

真凛は、指輪を受け取り、陶子の左手の薬指にはめようとして気付いた。

「あら、陶子オバちゃん。こんなところにお弁当つけて……」

もも吉が、

「ほんまや」

と、口に手を当てて微笑んだ。薬指の爪の上に一粒、お米が付いている。

「うふふ」

真凜は、その米粒を摘まんで、口に放り込んだ。

「真凜ちゃん、そないな汚い」

「汚くなんかないよ、ママ」

「え⁉」

真凜は、陶子のことを無意識にそう呼んで自分でも驚いた。

「ママ、ごめんね。ごめんね」

「悪いのはうちの方や、かんにん、かんにんやで」

もう大丈夫だ。来週の遠足に、彩矢のためにおむすびを作ってやれる。真凜は、無性に陶子に甘えたくなった。

「陶子オバちゃん。俵型のおむすびの作り方のコツ教えてくれる？」

「もちろんや、任しとき」

陶子の瞳がうるんで、店の照明にキラキラと光って見えた。

真凜は、思った。

幸せの涙は、こんなふうに虹色をしているのかなと。

第五話　京セリは　雪解けを待ち耐えて生き

「ミァウ～ウ、ミァウ、ミァウ、ミァウ（イチゴ大福やて！　ええなぁ、ええなぁ、ええなぁ）」

うちは、誰かが「イチゴ大福」と言うのが聞こえて、昼寝から目が覚めてしもうた。そして、思いっきり甘えた声で鳴いてみた。

一度だけやけど、もも吉お母さんに食べさせてもろうたことがあるんや。おもちは、喉に詰まらせるとあかんさかい、あんことイチゴだけ小皿に盛ってもろうた。極楽のような美味しさどした。

「どないしたん、おジャコちゃん。そないに鳴いてからに」

と美都子が言うと、

「イチゴ大福食べたいて言うてるんや」

と、隠源和尚が真顔で言わはって、うちの頭を撫でてくれました。さすが、博識で名高いお坊さんや。普段は、先斗町で遊び惚けていると見せかけて、猫語もわかるようになったとは恐れ入ります。隠源和尚にすり寄って、もう一度鳴きました。

「ニィ～ニィ～（買うて買うて）」

隠善さんが、

「ひょっとして、ほんまに猫の言葉わかるんか？」

と訊いたら隠源和尚は、

「わかるでぇ、顔や、顔。イチゴ大福食べたそうな顔してるやないか」

と、にっこり笑わはる。

「フギャ〜ググ（違う、違うで〜。ほんまにそう言うてるんや）」

今日は、朝からいつもの面々が甘味処「もも吉庵」に集まってます。建仁寺塔頭の一つで満福院の隠源住職と、息子で副住職の隠善さん。そして、その母親で「もも吉庵」の女将のもも吉お母さんどす。昼間はタクシードライバー、夜は芸妓をしてはる美都子さん。

濃紺の着物の裾に貝模様。帯が薄い茶色に観世水。それに紺の帯締めをしてはります。

もも吉お母さんは、祇園生まれの祇園育ち。十五で舞妓になってから半世紀以上も、いろんな苦労を乗り越えて気張ってはるお人や。その経験を活かして、悩める人の相談に乗ってはります。それは、花街の人たちだけやあらしまへん。大きな会社の社長さんや芸能人、野球監督、それに京都を訪れる旅のお人にもアドバイスしてはるんどす。

「ミャ（えへん）！」

すごいお人でっしゃろ。

そうそう、忘れてました。

うちの名前は、おジャコ言います。アメリカンショートヘアーの女の子よ。

もも吉庵のL字型カウンターの、角の丸椅子がうちの定席どす。

いつも、もも吉お母さんの鏡台を見て、我ながら惚れ惚れしてしまいます。銀色の地に薄い黒のマーブル模様。鼻は小さくて薄いピンク、瞳はまるでアーモンドのようにくりんとして、「気品」いうんは、うちのためにある言葉かもしれまへん。

隠善さんが、思い出したかのように言わはります。

「イチゴ大福もええけど、あんバタートーストもええよね。あんことバターいうんは、なんであないに相性がええんやろう。日本と西洋と、元々は別のもんやのに」

もも吉お母さんが、眼を見開いて答えはります。

「隠善さん、びっくりしましたわ。実は、今日の麩もちぜんざいはそれなんや」

「え！　お母さん、それって？」

もも吉お母さんはいったん奥の間に下がったかと思うと、すぐにお盆を手に戻って来ました。みんなの前に、清水焼の茶碗を置かはります。一番に隠源和尚さんがふたを取ると、ふわっ〜とええ香りが立ち上ります。

「あ〜ほんまや、ぜんざいから顔を出してる麩もちの上に、バターがひと欠片載ってるわ」

と、声を上げはった。うちも、首を伸ばして碗をのぞき込みます。みるみるうちに、熱でバターがとろーり溶けていきます。

「ええなあ、ええなぁ～。小豆とバターいうんも、『取り合わせの妙』やな」

隠源和尚は、木匙を口に運ぶんが止まりまへん。もも吉お母さんが言わはります。

「『取り合わせの妙』いうんは、京都では『出あいもん』言いますなぁ。いったいいつ、誰が見つけはったんか知らんけど、見事なもんどす。このぜんざいも、小豆とバター、それぞれの美味しさをお互いに引き出して、何倍もの美味しさになるんやからなぁ」

美都子さんがもも吉お母さんの話を聞いて、「あっ、そうやそうや」と言わはったかと思うと、奥の間へ。そして、すぐに何かを手にして戻って来はりました。

「これ、この前、お客様にいただいたんや。落花生と煎餅も、えろう相性がええと思わへん？」

落花生煎餅の袋を、カウンターに置かはった。今度は隠善さんが、

「僕は、梅ゼリーほど『出あいもん』はない思う。フルーツ入れたゼリーはいろいろあるけど、梅の実と梅シロップがゼリーに一番や思う」

隠源和尚は、指を折りながら、

「まだまだある。黄な粉と黒蜜、栗と羊羹、それに桜もちも『出あいもん』や」

「ミャウ〜ミャウ〜（うちも食べたいよぉ〜）」

さっきから頼んでるのに、みんな話に夢中で取り合うてくれへん。甘いもんの話になると、話が永遠に終わらへんような気がします。もも吉お母さんが、思い出したかのように言わはりました。

「美都子はそろそろ、仕事なんやないか？」

「あっ！　そうやった。ホテルにお客様をお迎えに行く時間や。先に失礼させていただきます」

「あんたらも帰りぃ」

「も少しいてるわ。麩もちぜんざい、お代わりくれるか？」

そう言うて、隠源和尚が茶碗を差し出さはります。

「お代わりはあらしまへん」

「拵えてぇな」

「早よ帰り」

「なんや、追い出すんかいな」

隠源和尚は、なんや訝しげな眼をもも吉お母さんに向けはった。

「お客様なんや」

と、仕方なさそうにもも吉お母さんが答えはります。

「誰や」

「お琴ちゃんと恭子ちゃんが来て、仲良し会するんや」

お琴ちゃんいうんは、舞妓さんが芸事を習いながら修業する屋形『浜ふく』の女将さんのことどす。恭子ちゃんは、吉田山の料理旅館「神楽岡別邸」の女将のこと。三人は幼馴染みやて聞いてます。なんと、六十年ものお付き合いらしい。辛いことも楽しいことも、み～んな分かち合うて生きてきたんやて。ええなあ、うちはそういう友達がおれへんから羨ましいわぁ。

「三婆や！　姦しゅうてかなわん。頼まれんでも帰るわ。早よ逃げよ、隠善」

「お気張りやす」

うちはウキウキして待ってました。あのお二人は、気ぃがきくさかいに必ずお土産を持ってきてくれます。この前は、恭子さんは料理屋さんらしく鰹節、琴子さんはわざわざ出汁巻卵を焼いてきてくれはった。今日も楽しみどす。

（ふぁ～それにしても遅いなぁ。ちいとも来はらへん）

待ちくたびれて、眠とうなってきました。そこへ、「もも吉庵」の表の格子戸を開ける音がしました。

ガラガラッ。

そのあと、草履（ぞうり）が飛び石の上を歩く音が二つ。

あれ？

うちは、眼ぇ閉じながらも耳をピンッと立てました。もも吉お母さんの話では、二人やていうことやったはず。もう一つ、後ろから靴の音が遅れてついてきます。

襖（ふすま）が開くと、

「ももちゃん、こんにちは」

「こんにちは」

と挨拶する着物姿の恭子さんと琴子さんに続いて、若い女性が入って来はりました。

「もも吉お母さん、結婚式以来でございます。すっかりご無沙汰して申し訳ありまへん」

そう言い、深々と頭を下げはった。

（あっ！　もも雛（ひな）さんや）

うちは、思わず芸妓時代の名前を叫んでしまいましたが、今は陽向（ひなた）さんいう本名に戻っておられます。

「ミャ～ニゥニゥ～（大丈夫どすか？　心配してましたんえ）」

陽向さんは、つい一年ばかり前まで祇園甲部の芸妓さんどした。琴子お母さんが女将を務める屋形「浜ふく」で、二十歳まで舞妓をしたあと、「襟替え」して芸妓にならはりました。屋形で住み込みでお世話になっている舞妓のうちは、衣食住はみんな屋形が負担してくれはります。そやけど、芸妓になるいうんは、独り立ちするいうこと。住むとこも着物も全部自分で用意せなあきまへん。よほどお客様にご贔屓にされんと、やって行かれへん。そんな中、陽向さんはヒマワリのような笑顔で、明るいお人柄からあちこちのお座敷から引っ張りだこどした。

祇園甲部では、新年早々に新年を祝う「始業式」があります。芸妓・舞妓、祇園女子技芸学校の先生、そしてお茶屋の女将が勢揃いする式典どす。そん時、前の年の功績を表彰する「売花奨励賞」の一等賞になったて聞いてます。

それが、今日は、ヒマワリどころかその影もあらしまへん。

くすりとも笑わず、眼ぇの周りが腫れてます。

もう何日も泣きどおしなんやて、ようわかりました。

それもそのはず。旦那さんの爽馬はんの会社が、あないえらい事件を起こして大騒動なんどす。毎日毎日、テレビのワイドショーではその話でもちきりで……。

うちは、丸椅子から飛び下りて駆け寄り、

「ミゥ～（たいへんどしたなぁ）」

と、声を掛けました。なんやしてあげられたらええんやけど、猫のうちにはどないもでけへんことが悔しおす。それでも、元気とは言えへんでも、こうして生きていてくれてほんま良かった。妙な気ぃ起こすんやないかと心配してました。

「ミャウミャウ、ニャウ～（爽馬はんはどないしてはるんどすか？　大丈夫どすか？）」

陽向は、目眩を覚えフラッとしてカウンターに手をついた。

「あかん、そんなとこ立っとらんと早よ座りなはれ」

「へえ、おおきに、もも吉お母さん」

もう芸妓を辞めて一年が経つ。なのに、ここへ来ると自然に花街の言葉に戻っていた。

丸椅子に、へたり込むように腰掛けた。右側に琴子お母さんが座り、手をそっと握ってくれた。左側に座った恭子お母さんは、背中に手を当ててさすってくれている。カウンターの向こう側の畳敷きに座るもも吉お母さんが、

「お茶飲んで落ち着きなはれ」

と、湯飲みを目の前に置いてくれた。湯飲みに手を伸ばし、手に取った瞬間、再

び目眩に襲われた。お茶が、カウンターに零(こぼ)れる。むかむかして気分が悪い。

「あっ、かんにんしてください」

もも吉お母さんが、顔をのぞき込んで言う。

「陽向ちゃん、あんたまさか……」

「え⁉　まさか」

と、琴子お母さんと恭子お母さんが同時に声を上げた。

陽向はお腹に手をやり、こくりと頷いた。

眼をつむると、この数週間の嵐のような日々が、走馬灯(そうまとう)のように思い出された。

「まさか！」

陽向は、一年前の錦秋の頃、芸妓を辞めて結婚した。

相手は、同い年で二十八歳の内山(うちやま)爽馬だ。ゲーム業界に彗星(すいせい)のごとく現れた株式会社サンガエンペラーの社長である。

爽馬はわずか十六歳で起業した。といっても、最初は自宅の勉強部屋が事務所兼開発室だった。もちろん社員は自分一人だ。いくつもゲームを制作したが、資金が乏しくて世に出るまでにはいたらなかった。両親の心配をよそに何日も部屋から出てこないので、近所の人たちからは「気の毒な息子さん」と呼ばれていたらしい。

二十一歳の時、京都の街を舞台に、公家の若君が「あやかし」を退治しながら成長していくロールプレイングゲームを試作した。芸妓になって間もなかった陽向は、誰よりも先に、爽馬の部屋でそのゲームをやらせてもらった。あまりにも面白くて、時が経つのを忘れるほどだった。でも、完成させて商品化するには資金が必要になる。そこで陽向は、琴子の幼馴染みのもも吉に頼み、資金援助してくれそうな企業の社長を、何人か紹介してもらった。

そのおかげで、ゲームは大ヒット。あっという間に社員が五百人を超えるまでの会社に成長した。

自分の口から言うのもはばかられるが、夫の爽馬はイケメンである上におしゃべりも上手い。ある時、テレビのニュース番組で「若者のネット事情」について意見を求められた。それがプロデューサーの目に留まり、コメンテーターとしてレギュラーで出演するようになった。さらに、バラエティや教育番組からも声がかかった。中卒にもかかわらず、若くして企業の社長になったことで世間からもてはやされた。ついには、内閣府の諮問機関の委員にまで就任することになった。

結婚式の披露宴は、二人の家族と近しい人たちだけでささやかに開くつもりでいた。ところが、銀行から派遣されて来ている財務担当常務の強い働きかけで、南禅寺グランドホテルで大々的に催すことになってしまった。

招待客は、三百名。

そのほとんどが、爽馬の会社の関係者だ。マスコミ関係者が大勢押し寄せ、まるで芸能人カップルのようだった。

新しいゲームの完成が間近、ということもあって新婚旅行はお預け。代わりに、恭子お母さんが女将をしている神楽岡別邸に、もも吉お母さんや琴子お母さん、それに芸妓時代の仲間を招いて、十名ほどの小さな宴を催した。

「ほんま良かったなぁ」

と、みんなが心から祝ってくれた。陽向と爽馬が、苦労してそこまでたどり着いたことを知ってくれているからだ。

爽馬の仕事は、目が回るほど忙しくて新婚旅行は延び延びになっていた。

それでも、爽馬はできるかぎり二人で過ごす時間を作ってくれた。どんなに帰りが遅くなっても、夕食は陽向の作る手料理を食べながら一日の出来事を話し合った。

そんな平穏で幸せな日々が半年ほど続いたある日のことだった。

久し振りに爽馬が代休を取り、一日、休養することになっていた。そこでサンドイッチを作り、二人で一緒に鴨川べりでランチをしようということになった。陽向はバスケットの中に、乾杯のためのノンアルコールのワインをそっと忍ばせていた。陽向は昨日から、「いつ言おうか」とそのタイミングを考えていた。夕べは、爽馬の帰りが真夜中になってしまったので、言いそびれてしまったのだ。

「赤ちゃんができたの」

そう言ったら、爽馬はどんな顔をするだろう。

しかし河原にお弁当を広げ、さあ食べようとしたところへかかってきた一本の電話で、二人は奈落の底に落ちることになってしまった。

それは、爽馬の秘書の白井からだった。

「社長、銀行から当座預金が不足してると連絡がありまして……」

「そんな訳ないやろ。谷川常務に聞いてみてくれ」

「それが……常務と繋がらないんです」

今日は、大きな手形決済がある。このところ、資金は潤沢で支払いに困ったことは一度もなかった。

「すぐ行く」

爽馬は、そのまま土手を駆け上がり、タクシーを捕まえて会社へ向かった。

爽馬自身が支払い先に電話をかけて、延期してくれるよう頼んだ。しかし、急な事で間に合わず、不渡りを出してしまった。

それでも、二度目の不渡りを出さなければ銀行取引は続けられる。ところが、次のプロジェクトのために貯えておいた定期預金も、すべて空っぽになっていた。すぐに事情が判明した。谷川常務が、預金を勝手に別口座に移し替えて資金運用したあげく、無謀な投機に失敗して巨額の損失を被（こうむ）っていたのだ。

爽馬は、銀行や出資者に頭を下げて回ったが、どこも手を差し伸べてくれるところはなかった。そして会社は倒産した。

顔が売れているだけに、まるで芸能人のスキャンダルを追及するようにマスコミが会社へ押し寄せた。それだけではなかった。取材は、陽向にまでも及んだ。ちょっと買い物に出かけようとしたら、何人もの記者に取り囲まれて身動きが取れなくなった。

「ご主人はマンションにいらっしゃるんですか？」

「社長が会社のお金を私的流用したそうですね」

爽馬は、連日、事業を継続するための資金調達に奔走（ほんそう）していた。それでも、遅くには帰宅し、会社の現状について説明してくれた。

しかし、倒産が決まった夜に、「心配ないさかい、帰るの待っててな」という電話があって以来、電話もメールも繋がらない。買い物に出かけようとして、記者に摑まった。

「ごめんなさい……うち何もわかりません」

小走りに立ち去ろうとする背中に、次々と耐えがたい言葉が浴びせられた。

「奥さん、祇園で№1の芸妓だったそうですね。何人もの財界人から貢物をせしめていたっていう話を聞きましたが本当ですか」

「内山社長との結婚は、いわゆる玉の輿だったと思いますが、今のお気持ちはいかがですか」

ネット上には、もっとひどいことが書き込まれていた。

通りがかったタクシーに乗り込み、記者たちから逃れることができた。車が路肩に停まったかと思うと、ドライバーから「もう大丈夫や、もも雛ちゃん」と言われ、振り向いた。もも吉お母さんの娘の美都子さんだった。偶然に目の前に現れたのではなく、心配して様子を見ていてくれていたのだ。

「美都子さんお姉さん……」

美都子の瞳を見るなり、涙があふれてきた。結婚式では、見事なお祝いの舞を披露してくれたことを思い出した。陽向は、美都子にすがりつくように言った。

「爽馬君と連絡が取れへんのどす。妙な気、起こしてへんか心配で心配で……」

「爽馬君に限って大丈夫や」

「そうよね、そうよね……」

マンションには、今もマスコミの記者が張り込んでいるだろう。帰れなくなった陽向は、元いた屋形「浜ふく」に身を寄せることになった。着の身着のままだ。

気がおかしくなるほど、爽馬のことが心配でたまらない。でも、そんなことでは、お腹の子に良いはずがない。陽向は、お腹にそっと手を置き、話し掛けた。

「心配せんでもええよ。心配せんでもええ……」

そう何度も繰り返す。

自分に言い聞かせるようにして。


爽馬は、生きる気力を失くしていた。

本当は、すぐに記者会見を開かなくてはならない。顧問弁護士からも、その打ち合わせをするように言われた。このまま沈黙を続けていては、特別背任罪で爽馬が罪を問われることになるという。でも、責任を追及されて質問の集中砲火を浴びるのが怖かった。マスコミは、政治家への不正献金の疑いもあると報道している。それも、まったく寝耳に水だ。辛い、苦しい。この世から消えてしまいたいと思った。

二度目の不渡りを出してから、まだ五日ほどしか経っていない。その間、いまだに行方が知れない谷川常務が、ネット上に告発文のようなものをアップした。

「すべては、内山爽馬社長の指示で資金運用を行っていました。非常にリスクのある投資でしたので、財務担当役員としては再三にわたって忠告してきました。政治家への不正献金も同様です。それに気づいて止めることができなかったことで、たいへん良心の呵責に苛まれています。すべて内山社長の命令に従ったとはいえ、関係各位の皆さまをお騒がせしたことを心よりお詫び申し上げます」

怒りで身体が震えた。

全部、出まかせだ。

だが、今の爽馬に、それに反論するだけの証拠がない。

谷川がメインバンク出身ということから信用し、財務面の権限を全面的に委譲していた。本来なら、常にチェックしなければならなかったのだろうが、信頼し過ぎて怠っていた。ということは、最終的な責任は自分が負わなければならない。もしかすると、逮捕されるかもしれない。

いずれにしても、すべてを失った。苦労して築き上げたものが、一瞬で消えてしまったのである。ネットで劇薬を手に入れた。これを飲めば、苦しさから逃れることができる。しかし、その前にしなくてはならないことがある。陽向に会って、事実を話し、謝ることだ。陽向にプロポーズする時、「幸せにするさかい。一緒に生きていこな」と言った。だが、それをこんなにも短い期間で、反故(ほご)にすることになってしまうとは。

「一生、遊んで暮らせるようにするて約束する」

と爽馬が言うと、

「贅沢(ぜいたく)はいらへん。仲良う暮らせたらそれでええ。それで、いつか子どもができたら、お休みの日にみんなで動物園行こな」

と陽向は微笑(ほほえ)んでくれた。今だからわかる。「一生、遊んで暮らせる」などと口にすること自体、驕(おご)っていた。ゲームがヒットしたからと天狗(てんぐ)になっていたのだ。

爽馬は、債権者やマスコミから逃れるため、ネットカフェに避難した。

ところが、誰かが写真を撮ってネットにアップしたらしく、記者が飛んで来た。その際、記者ともみ合ってノートパソコンの入ったかばんを落とし、その衝撃でパソコンが壊れてしまった。その上、スマホも失くしてしまった。

スマホで最後に目にしたのは、見知らぬ人たちの書き込みだった。

「中卒の成り上がりの結末。会社を私物化して破綻(はたん)」

「時代錯誤の成金が、祇園の芸妓を自分のものに」

などと、目を覆いたくなるようなものばかり。それだけならまだいい。身がよじれるほど辛かったのは、陽向に対するとんでもない書き込みだ。

「内山社長の妻は、祇園の元人気芸妓『もも雛』」

「マンションの部屋には政財界人や芸能人からせしめた宝石やブランドバッグの山?」

「ベンチャー企業社長の玉の輿に乗ったと思ったとたん、犯罪者(?)の妻に」

(もしもこれを、陽向が目にしたら……)

そう思うと、胸が張り裂けそうになった。


陽向と知り合ったのは、十四歳の時だ。

二人とも、不登校児だった。

場所はフリースクールだ。大学生のお兄さん、お姉さんがときどきやって来て、勉強を教えてくれた。それは、毎日一時間程度で、みんな、好きな時にやって来て、好きなことをして時間を潰していた。そこは、行き場がない子たちのたまり場になっていた。

爽馬は、小学生の頃からゲームが大好きで、ずっとゲーム画面に向かっていた。それだけでは飽き足りず、自分でプログラムを組むようになる。すると、面白くて寝る間も惜しくなり、気が付くと日が昇っていた。もちろん眠たくてたまらず、学校を休んだ。その繰り返しで、いつしか学校へ行かなくなっていた。

となると、自ずと学校の勉強が遅れる。両親ともに学校の教諭ということもあって、ものすごく心配された。最初は、父親に「学校へ行きなさい」と怒鳴られたこともあったが、それでもパソコンに向かうのを止めなかった。父親は仕方なく、フリースクールへ行くことを条件に、ゲームをすることを認めてくれた。

陽向は、爽馬より少し前からフリースクールに来ていたらしい。誰ともしゃべらず、ずっとテレビの画面を見ていた。きれいな着物を着た女の人が踊っている番組だった。ゲームをするのに疲れた爽馬は、陽向に声を掛けた。

「踊りが好きなんやね」

「……」

「僕、爽馬。へえ〜、きれいやね」

「うん、なんべん見ても飽きひんの」

それは、祇園に春を告げる「都をどり」の舞を紹介するテレビ番組のビデオだという。

「初めて見た」

「祇園甲部の舞妓さんや芸妓さんが、一年に一度、日ごろの稽古の成果をお披露目する晴れの舞台なんよ」

「陽向さんも踊るん？」

「まさか⁉　こうして見てるだけ」

「なんで？」

「なんでって……舞妓さんになるには、厳しい修業がいるんよ。それに、うちみたいな普通の子ではなれる訳ないもん」

爽馬は、励まそうとした訳ではない。でも、自然に口に出た。

「観る側より、観られる側になった方が楽しいんと違うかなぁ。歌手とか俳優とかになる人も、最初は聴いたり観たりする側やったと思うんや。憧れてるうちに、自分もそっち側に行きたくなるんと違うやろか」

陽向は、瞳を輝かせて言った。

「うちも舞妓さんになれるやろか」

「なれるなれる、僕が保証するわ」

「そんな夢がかなったら、どないにええやろ」

爽馬は、ずいぶん無責任なことを言ってしまったと思った。でも、実は、それは爽馬自身に向けて言った言葉だった。ゲームをする側から、ゲームを作る側の人間になる。もしも、それがかなったら、大勢の人たちを楽しませることができるに違いない。今度は、陽向に尋ねられた。

「爽馬君の夢は何なん？」

爽馬は、迷わず答えた。

「世界一のゲームを作ること」

自分でもびっくりした。夢どころか、ただ胸の奥にあったぼんやりとした思いに過ぎなかったことを、言葉に出して答えていたからだ。

爽馬は陽向と約束した。

「僕はゲームを作る会社を作るよ」

「そないしたら、うちは舞妓さんになる」

そうして、十四歳の頃からお互いに励まし合って生きてきた。もちろん、しょっちゅう壁にぶつかり、何度もへこたれた。そんな時、いつも陽向が「できるできる」と励ましてくれた。

陽向も、舞妓さんになる前の「仕込みさん」時代には、毎日のようにメソメソと泣いていたらしい。スマホも持てない習わしなので、爽馬は電話で励ますこともかなわなかった。

爽馬は陽向のことが心配でたまらなくなり、ある日、屋形「浜ふく」を訪ねた。二人とも、同じフリースクールの出身で夢を語り合った仲であることを話すと、琴子お母さんが特別にアイデアを授けてくれた。

月に一度、恭子お母さんが女将を務める「神楽岡別邸」で、陽向と一緒にお茶をできるように計らってくれた。もっとも、琴子ともも吉、恭子のおしゃべり会の末席に加わるという形ではあったが……。

おかげで、陽向は厳しい稽古にもくじけず舞妓になって夢をかなえた。

さらに祇園甲部で№1の芸妓になった。爽馬も、ゲームのヒット作品を開発して夢をかなえた。

けっして、それは安楽な道ではなかった。

だから……だから。

違うのだ。

爽馬にとって「陽向をお金にものを言わせて手に入れた」訳でもなく、陽向にとっても「玉の輿に乗った」訳でもない。励まし合い、支え合ってここまでたどり着いたのだ。

そして気づくと、お互いがお互いにとって無くてはならぬ存在と思うようになっていたのである。

社員、そして社員の家族をも不幸のどん底に落としてしまった。

逮捕、裁判、そして収監。

この先のことを思うと、目の前が真っ暗になる。自分は、重大な罪人なのだと思うと、生きている資格がないと思った。

爽馬は、この世にサヨナラしようと決めた。

ただ、その前に陽向に会って、謝りたかった。

ふらふらと、夕暮れの町を彷徨うち、気付くと目の前に吉田山の吉田神社の鳥居が見えた。かつて陽向と苦労話をし合った恭子お母さんの「神楽岡別邸」は目と鼻の先だ。爽馬は、暗闇の参道をゆっくりと登り始めた。


「陽向ちゃん！　爽馬君が見つかったて」

「え⁉」

屋形「浜ふく」では、舞妓たちがお座敷に出払うと、とたんに静かになる。二階の部屋で、何をするわけでもなく虚ろに窓の外を見ていた陽向は、琴子お母さんの呼び声に二階の部屋から急いで階段を下りる。

琴子お母さんが、興奮気味に言う。

「ついさっきや、『神楽岡別邸』の恭ちゃんが、もも吉庵へ爽馬君を連れて来はったそうや」

陽向は琴子お母さんの後ろについて、街灯が照らす小路をもも吉庵へと急いだ。

気が急く。

吐く息が白い。

厳寒の京都の路地の空気は凍てついていた。

格子戸を開けて飛び石を奥へと進むのが、これほど長い距離に感じられたことはなかった。上がり框を上がり、襖を開けるとカウンター席に爽馬が座っていた。

「爽馬君！」

「陽向……」

爽馬が立ち上がって、陽向の肩を抱いてくれた。

「よかった、無事やったんやね」

「うん、陽向も」

もも吉が、やさしく声を掛けてくれる。

「なんも急ぐことはあらへんさかい、二人とも、まずはそこに座りなはれ」

「へえ」

「はい」

二人して、丸椅子に並んで座った。

「ミャウ〜」

おジャコちゃんが、奥の間からやって来て、陽向の顔を見て鳴いた。「よかったねぇ」と言ってくれているように聞こえた。カウンターをヒョイッと飛び越えて、爽馬の膝に飛び乗った。

「ミャア〜」

もも吉庵を何度も訪れているがこんなことは初めてだった。よほど、心配してくれていたのだろう。陽向は、真っ先に報告した。

「あのな、爽馬君。うち赤ちゃんがでけたんや」

「え⁉」

ただでさえ顔色の悪い爽馬の顔から、血の気が引いた。

「この前、河原でな、お昼食べる前に報告しよう思うてたんやけど、こないなことになってしもうて。言うのが遅うなって、かんにんえ」

陽向は、爽馬の瞳を見つめた。でも、爽馬は眼をそらしてうつむいてしまった。

（なんでやの？　よかったなぁ〜嬉しいって、なんで言うてくれへんの？）

陽向は、爽馬にそう問いたい気持ちを、どうにか精一杯堪えた。

会社のことで、心身ともに疲れ果ててボロボロになっているのが見てとれた。ほとんど眠れていないのだろう。爽馬の無事を確認できただけで充分ではないか。それ以上のことを望んではいけないと思った。

（でも、まさか、まさか……産んだらあかんなんて、言わへんよね）

陽向は、魂の抜けた殻のように項垂れる爽馬の横顔を見つめて、溜息一つつくことさえも堪えた。

おジャコは、爽馬の膝の上で、顔を見上げて鳴いた。

「ミャウ～、グルグル（死んだらあかん、死んだらあかんでぇ）」

おジャコにはわかる。

なぜだか、人間の心が読めてしまうのだ。

爽馬君は、陽向ちゃんに一目会いに来たんや。この世の最後に、「かんにんや」て詫びを言いになぁ。みんな引き留めてぇな。このまま帰したら、爽馬君、帰らん人になってしまう……。

爽馬は、言葉一つ発することができずにいた。

陽向の顔を真っすぐに見ることができない。

一目逢って、謝る。そして、その後、どこかの寺の境内へでも忍び込んで薬を飲むつもりだった。それで、すべてが終わる。

ところが……。

まさかのことに、頭が混乱してしまった。陽向が妊娠しているという。疲れ果てて、動かなくなった頭で必死に考えようとした。このまま自分が命を絶ってしまったら、陽向のお腹の子どもは父親を知らない子になる。それだけではない。犯罪者の子どもと、一生、後ろ指を指されるに違いないのだ。

そうならないために、一番の方法は……。

良くない方を選ばせようとする悪魔のささやきに、負けそうだった。

でも、そんなことを陽向に言えるはずもない。

木枯らしが吹いたのか、表の格子戸がカタカタッと鳴った。

「さあさあ、こういう時はお腹から温うするんが一番や。どうぞ、召し上がっておくれやす」

もも吉お母さんが、いつもの「麩もちぜんざい」を目の前に置いてくれた。そう言われたが、爽馬は手を付けられない。

「いただこ、爽馬君」

陽向にそう促されたが、顔を上げることができない。

陽向が、木匙を取って渡してくれた。爽馬はそれを受け取り、一口、ぜんざいを口へと運んだ。気づけば、丸一日、何も口にしていなかった。たった一口のぜんざいに身体が喜んでいるのがわかった。

「もも吉お母さん、美味しいです」

爽馬は、目頭が熱くなるのを覚えた。陽向と眼が合う。

「かんにんや、陽向。僕にはどうしたらええんかわからへん」

あの世に旅立つつもりで、ここへ来た。

なのに、それをためらっているもう一人の自分がいる。

「もも吉お母さん、僕は……僕は……どないしたら」

瞳から涙がこぼれて、頬を伝った。

もも吉お母さんが、爽馬君の瞳を捉えて言わはりました。

「爽馬君、あんた、一人で遠くへ行かはるつもりでっしゃろ。二度と戻って来られへん遠くへ」

え⁉ もも吉お母さん、なんでわかるん？ うちがさっき、「ミヤア～ミヤア～」鳴いて、教えてあげたからからやね。

爽馬君が、ハッとしてもも吉お母さんを見つめました。

驚いたんは、陽向ちゃんや。青ざめて、凍り付いてはる。陽向ちゃんが、弱々しい声で爽馬君に言わはった。

「爽馬君、ほんま？　いやや、いやや、なんでやの？」

「……」

爽馬君は、もも吉お母さんに心の内を見透かされたせいか、返事がでけへんみたいどす。それでも絞り出すような声で、陽向ちゃんに言わはりました。

「僕は、陽向を不幸にしてしもた。かんにんや。陽向は別の幸せを探した方がええ思う」

「そんなん、言わんといて！」

陽向ちゃんは、叫ぶように訊かはった。

「この子は、どないするん？」

「……」

「どないするん！」

それでも、爽馬君は答えへん。ううん、答えられへんことが、答えのように思えてしもうて、うちは胸が苦しゅうなりました。

もも吉お母さんが、フッと溜息をついたかと思うと口を開かはりました。

「爽馬君に陽向ちゃん」

二人が、もも吉お母さんの方を向きます。

「聞いてほしい話があるんや」

陽向ちゃんが、尋ねます。

「話……どすか？」

「そうや、うちのむか～し昔の話や」

するとと、

「なんやのももちゃん、昔の話て……あんた、まさか」

と、恭子お母さんが眉を寄せて声を上げはった。

「若いお二人に、うちの人生ん中で、一番辛かった四十年ほど前の話、して差し上げよう思いましてなぁ」

すると、急に琴子お母さんの顔色が変わりました。そして、

「あかん、あかんで」

と、首を振らはったんどす。うちには、何のことかさっぱりわかりまへん。四十年前なんて、うちがこの家に来る前、ううん、生まれるず～っと前のことやさかいに。

もも吉お母さんは、爽馬君と陽向ちゃんを見て、やさしい微笑みを浮かべはった。

「これからするんは、うちが心ん中に、ずうっと秘めて秘めて、閉じ込めていた話

や。ここにいる仲良しの恭ちゃんとお琴ちゃん。それに、僅かな人しか知らへん。それも、みんな口を固うして誰にもしゃべらんといてくれてる……」

今度は、琴子お母さんが真剣な顔つきで言わはりました。

「ええんか、ももちゃん」

「ええんや、お琴ちゃん。うちは、未来ある若いお人らの力になりたいんや。ただ、一つだけ約束してくれるか。これから話すことは、誰にも言わへんて」

陽向ちゃんと爽馬君は、真剣な面持ちで静かに頷かはった。

もも吉お母さんは姿勢を正して、ゆっくりゆっくりと話し始めはりました。

「うちの芸妓時代の話や。お座敷でなぁ、実に『粋』な男はんに出逢うたことがありましたんや。あれは、三十一歳になった秋の日のことどした。舞妓さんの花簪が桔梗から菊に変わったばかりやったから、よう覚えてます。うちは、自分で言うのもなんやけど、芸も人気も一番で、引きも切らずにご贔屓さんからお座敷の声が掛かってました。

よう後輩の芸舞妓から尋ねられました。

『なんで、もも吉お姉さんはお客様に好かれるんどす？』

てなぁ。それにうちは、いつもこう答えてました。

『どんなお客様も区別しないからや思うてます。どんな、いうんは苦手なお客様、無粋なお客様にも心地よう楽しんでもらうということどす。お客様はさまざま。偉うなると、勘違いして天狗になってしまわはる方もいてはる。お酒の癖があまりようない方もいてはる。それでも、お客様はお客様や。どんなに嫌な目ぇに遭うても、笑顔で応えて、笑顔でお帰りいただけるように心掛けてます』

てなぁ。

ところがや。中には、どうしようもなく『困った』お客様がいることも否めまへん。その日、お座敷が始まる前、お茶屋のお母さんから、ある頼まれごとをされたんどす」

引き込まれるようにして聴いていた陽向ちゃんが、

「どんなことどす?」

と、尋ねはりました。もも吉お母さんは、にっこりと、

「難儀なお客様についてや」

と答えはって、淡々と話を続けはります。

「『もも吉さん、また尾崎センセイが遊びたい言うて困ってるんや。何べんも予約でいっぱいや、言うてお断りしたんやけど断りきれんへん。知っての通り、お店出ししたばかりの菜乃香ちゃんにご執心でなぁ。きっと今日も菜乃香ちゃんに無理難

題言わはると思うさかい、助けてやってくれへんか』

尾崎センセイいうんは、京都大学の教授どした。勲章もらわれた偉い方やけど、お酒が入ると人が変わることで有名やったんどす。そこで、

『うちに任してください』

と、大見得を切ったんや。さてさて、そのお座敷が始まりましてん。尾崎センセイは、研究室の院生三人を『これも社会勉強や』言うて、連れて来てはった。センセイは、お茶屋へ来る前に、どこかでぎょうさん飲んで来はったみたいで、顔が真っ赤どした。いきなり、

『金比羅さん頼むわ』

と言わはった。爽馬君はお座敷遊びの『金比羅さん』知ってはるか？」

「い、いいえ」

「お座敷遊びの一つでなぁ。やり方は、実に簡単や。対戦する二人が、台を真ん中にして向き合う。台の上には、ビールやお酒の徳利に敷く『袴』を伏せて置いておく。四国は讃岐民謡の『金比羅船々』を、地方のお姉さんが三味線で歌うと、それに合わせて交互に『袴』の上に手を差し出して乗せるんや。『袴』の上に手を乗せる時には、ジャンケンのパーを出す。パーを出して、そのまま『袴』を摑んで取ってしまうのもオーケーどす。その際には、相手方は空っぽになった台の上に、グー

を作って出す。つまりや、『袴』が台の上にあれば、パー。なければ、グー。ただし、『袴』を一人が続けて持っていられるのは、三回まで。パーとグーを出し間違うたら負け、いう遊びや。

ゆっくりやれば、間違えへん。そやけど、しだいに三味線のテンポが速う(はよ)なっていって、早口言葉みたいになる。すると、どないに運動神経がええお人でも、何かの拍子(ひょうし)に間違えてしまうんや。

問題はここからや。罰ゲームがある。負けたらビールかお酒を一杯飲まななら ん。尾崎センセイは、大の負けず嫌いで、この『金比羅さん』が得意でなぁ。どの芸舞妓もかなわへんのどす。センセイは、菜乃香ちゃんに勝って、お酒を飲ませて困らせようという魂胆やった」

爽馬君が言わはります。

「そんなん、パワハラやないですか」

「今ならなぁ。ただ、四十年も前には、そういう困ったお人がいてたんや。ゲームが始まって、菜乃香ちゃんも運動神経はええ方やったから頑張った。

『金比羅船々、追風(おいて)に帆かけてシュラシュシュシュ〜……』

ワンコーラス、ツーコーラス……どちらも間違えへん。

徐々にテンポが速まっていった。

『回れば四国は讃州（さんしゅう）那珂（なか）の郡（ごおり）象頭山（ぞうずさん）金比羅……』

『あっ』

『勝った勝った〜。菜乃香ちゃんに勝ったで！』

菜乃香ちゃんが、台の上が空っぽなのに、間違えてパーを出してしもうた。センセイは大喜びや。

『ビールがええかぁ、それともお酒か』

と菜乃香ちゃんに迫らはった。断る間もなく、ビールグラスを菜乃香に押し付けるように渡し、泡があふれるまで注いだんや。菜乃香ちゃんが、うちに眼ぇで助けを求めているのがわかった。なんとかせんとと逡巡（しゅんじゅん）しているうちに、センセイが、

『はよ飲んでぇな〜』

と迫らはる。うちは、とっさに菜乃香のグラスを奪い取って、グイグイッと一気に飲み干したんや。するとセンセイ、怖い顔しはってなぁ。

『なんや、もも吉が飲んでどうするんや』

『センセイ、うちと勝負しましょ』

『今日は、菜乃香ちゃんと遊びに来たんや』

『センセイ、うちに負けるんが怖いんや』

『なんやて、よ〜し！　もも吉、勝負したろ』

『わぁ、嬉しい』

そう言うて、なんとか菜乃香ちゃんをピンチから救うことができましたんや」

陽向ちゃんが、ホッとしたという顔にならはった。

「ところがや、今度はうちが追い込まれてしもうた。センセイは、いっそう『やる気』まんまんで、ネクタイをはずして片膝を立てはる。はじめてのお座敷体験をしている三人の学生さんたちも、事情を察し始めた様子どした。見るに見かねてのことや思います。一人の学生さんが、

『教授、そろそろ……』

て言わはったけど、センセイは聞く耳持ちまへん。

実はなあ、うちは、金比羅船々が大の苦手どした。いつも負ける。ほんまは勝負言うても、芸舞妓が勝ったらあかんのどす。負けて相手に花をもたせる。すると可愛がられる。そやから下手でええ思うて練習せえへんかったことが、仇になってしもうた。

あっと言う間に負け続けて、気が付くともう七連敗。酔いが回って床の間の掛け軸の水墨画が、二重に見える。センセイは、相変わらず意気軒昂で、

『よ～し、もも吉潰したら、もう一度、菜乃香と勝負やで』

とご満悦やった。チラリと菜乃香ちゃんを見ると、心配そうに震えてました。う

ちは、『ちょっとご不浄へ』と言うて、女将さんに助けを求めに行こうとして腰を浮かせたんやけど、酔いが回って立ち上がられへん。そやけどセンセイは、うちに半ば強引にグラスを持たせてビールを注ごうとしはった」

陽向ちゃんが、

「いやっ」

と、小さく首を横に振って声を出さはった。おそらくついこの前まで、お座敷を務めていたから似たような思いをしたことがあったんかもしれへん。

もも吉お母さんは話し続けます。

「次の瞬間どした。一人の学生さんがビール瓶を手にし、ササッとにじり寄って来たんどす。そいで、センセイのビール瓶を押しのけるようにして、うちの手にするグラスになみなみとビールを注がはったんや。これにはセンセイも、

『な、なにするんや、キミぃ』

と怒らはった。学生さんが真顔で答えます。

『教授のお酌ばかりやのうて、僕のビールも飲んでください。僕、どうやら、もも吉さんの飲みっぷりに惚れてしもうたみたいです』

『なんやて……惚れたやて。そんなん百年早いで。ほんとは違うやろ。貴様は、もも吉を助けてエエカッコしようとしたんと違うか』

センセイはもうお冠や。学生さんを呼ぶのに『キミ』から『貴様』に変わってました。

『教授、バレましたか』

『な、なんやて』

学生さんは、ほんの一瞬微笑んだと思ったら、再び真顔に戻らはった。

『惚れたいうんは、冗談やないです。もも吉さん、ぼくと付き合うてください。そうや、教授の酒と、僕の酒とどちらの酒を飲むか、決めてください』

センセイも他の学生さんたちも、菜乃香ちゃん、地方のお姉さんも、全員がキョトンとして学生さんを見つめはりました。思わぬ展開に、茫然としてはるセンセイの視線が宙に泳いだ瞬間どした。学生さんが、うちに向かってニヤリとやさしい微笑みを浮かべてウインクをしはったんどす。うちは、すぐに学生さんの気持ちを受け取って、

『嬉しおすなあ～、センセイと学生さん、お二人の色男にプロポーズされて、うち本望やわ。でも、そうなると、どちらか一方のお酒を先に受けるわけにはいかしまへん。残念やわぁ～』

て言いました。そこへ、地方のお姉さんが、すかさず、

『なんや、お二人とも、もも吉にフラれてしもうた。もう今日は遅いさかい、お開

きにしまひょ。さあさあ、最後にみんなで金比羅船々唄いまひょ』

て言うて、三味線を景気よく弾き始めた。センセイも、なにやら狐につままれたような顔をしながら、『金比羅船々』をみんなと一緒に唄うてその場は事なきを得たいう訳や」

「ミャウ〜ミャウ、ニィニィ（教えて教えてぇ、その学生さんが、もも吉お母さんの恋の相手なん？）」

「うちはその歳になるまでに、ええ縁談もいくつかありましたし、商家の旦那さんから言い寄られることもありました。それでも、独り身でいましたんは、尊敬でけるお人柄の人、うちの生き方とドンピシャのお人と巡り合わなんだからどした。そのうちがなぁ、『粋』なことしはった学生さんに惚れてしまいましたんや。そうは言うても、相手は京大の大学院生や。しょせん住む世界が違うてます。会いとうても、一度限りのことやと思うてました。ところがや……縁いうんはほんまに不思議なもんどす。その次のお休みの日ぃに本屋さんでな、棚に並べてある映画雑誌を取ろうとしたら、横からスーッと手が伸びて……顔を見合わせてお互いにびっくり。想い人と鉢合わせや」

「ニィ〜ニィ〜（奇跡やなぁ）」

うちは、まるでドラマみたいな展開に心が躍りました。

「そないなことがこの世の中にあるんやね」

と、陽向ちゃんが驚いてはる。きっと、恭子お母さんと琴子お母さんは、なんべんも聞いてはる話なんやろう。「うんうん」頷いてはります。

「どちらからともなく、『お茶しよ』いうことになりました。ここだけの内緒の話やから、仮にお相手の学生さんを『康介』はん言うことにしときまひょか。河原町の六曜社珈琲店に入るなり、うちは『付き合うてほしい』て言いました。自分でもようそんなこと言えたなぁ、思います。康介はんは最初は戸惑うてはりましたが、こう言うてくれたんどす。

『もも吉さんは雲の上の人やて思うてました。そやけど、正直に言うと、あん時、惚れてしもうたて言うたんは僕の本心です。後輩の舞妓さんをかばって潰れそうになるまでお酒飲むのを見て惚れてしもうたんです』

それから、お互いの生い立ちについて話しました。うちは、祇園の女子どす。母親はお茶屋の女将どした、父親はそん時、もう亡うなっていましたが有名な画家どした。世間一般からすると、『ふつう』とは言えない環境やて思うてました。ところが、康介はんの数奇な運命を聞いて、ますます魅かれてしもうたんどす」

爽馬君がもも吉お母さんに訊かはります。

「数奇な運命て？」

「ニィ〜イ（うちも聞きとうてたまりまへん）」

「康介はんは、鎌倉時代開山の有名なお寺の息子さんやった。ただなぁ、三つ年上のお兄さんがいてはった。小学校に上がる頃から、神童と言われるほど賢うて、寺を継ぐんはそのお兄さんと決まっていたそうどす。

　康介はんが小学一年生の時のことやった。父親の親戚筋から『康介君を養子にほしい』いう話が舞い込んだ。その親戚いうんは、和歌山ではえろう格式が高い寺なんやそうや。ところが後継ぎの子どもがでけへん。今ほどは不妊治療も進んでへん時代のことや。このままやと、住職が亡うなったらお庫裏さん（奥さん）は寺を出ていかなならん。それで、血の繋がったもんを後継ぎに、いう訳や」

　もも吉お母さんは、お茶を一口飲んで、再び話し始めはりました。

「康介はんは、まだ七歳や。いきなり、『余所の家の子になれ』言うんはあまりにも惨い。そこで最初は春休みに、何泊か泊まりで遊びに行かされた。次は夏休みに二週間。翌年の夏休みは一か月いうふうに、両方の親が康介はんのこと考えて少しずつ慣れさせたんやそうや。

　そして、康介はんが小学五年生のとき、ご両親は親戚への養子の話を切り出さはった。康介はんは、そん時の気持ちをうちに話してくれはった。辛い言うたら、辛い。そやけど、自分が余所の子になることで、全部が丸く収まる。実の両親も好きでそないなことする訳やない。相手先の寺の新しい両親も喜んでくれる。それに、なんべんも泊まりに行っていて、可愛がってくれていた。

康介はんは、二つ返事で『うん、ええよ』て言うたそうや」

うちは、せつのうてせつのうて、胸が苦しゅうなりました。

「ニゥニゥ（可哀そうやなぁ）」

「康介はんが和歌山の寺に養子に入ったんが、小学六年生の春やったそうや。将来、寺を継ぐことがわかってるから、殊勝にも毎朝の勤行に早起きして手を合わせているうちに、おおかたのお経を覚えてしもうた。これには、養父母も大喜びで、『好きなもんなんでも買うてやるで』て、いつも言われてた。ところが、や。康介はんが中学二年の時、思わぬ吉事が起きてしもうた」

爽馬君が訊かはります。

「吉事て、めでたいことですよね」

「そうや、一般的にはめでたいことや。康介はんを除いてなあ」

「え？　……どういうことですか」

「養父母に、赤ちゃんが生まれたんや。それも男の子や」

「なんですって！」

「え⁉」

爽馬君も陽向ちゃんも、思わず声を上げはった。

うちも、まさかの話の成り行きに言葉も出まへん。

「養父母は、それでも康介はんを住職にするつもりでいはった。それはそうどすやろ。幼い子を、無理にせがんで養子に来てもろうたんや。それを自分の子どもができたから言うて、お前には後は継がせんなんて言えるはずもない。康介はんは、そないな養父母の気持ちを忖度したそうや。仏教系の高校へ進学する予定やったんやけど、公立高校を受けはった。そして、入学式ん時、養父母に一つ、頼み事をしたそうや。『お寺は、義弟に継がせてやってください。その代わりに、歴史の勉強をしてゆくゆくは学者になりたいさかい、大学院まで行かせてほしい』てなあ。養父母は、たいそう驚かはった。最初は、『そんなことはでけん』て言われたそうやが、康介はんの意思は固かった。無理を押し通す形で、寺の後継ぎを義弟に譲らはった。そして、それから数年の時が流れて、うちは京大大学院生の康介はんと出逢ったいう訳や」

琴子お母さんが言わはった。

「不思議なもんやねぇ。もしも、赤ちゃんが生まれてなかったら、ももちゃんは康介はんと出逢うことはなかったんやさかい」

　陽向ちゃんと爽馬君も、よほど「宿命」というもんの残酷さを感じたのか、言葉を口にすることができないみたいや。うちも、何と言うたらええかわかりまへん。

　ところが、もも吉お母さんの話は、まだまだ入口どした。

「ただし、デートするにもずいぶんと気ぃ遣うた。その頃うちは、祇園甲部一、ご贔屓さんの多い芸妓どしたさかい、『ええ男はん』ができたなんて噂が広まったら、いっぺんにお客様が引いてしまう。それで、お休みの日ぃには滋賀県の近江八幡とか彦根とか、人目を気にせんでええところで待ち合わせして、喫茶店でおしゃべりしました。うちは、隠し事が好きやないから、母親に康介はんとお付き合いしてること、正直に話しました。反対されるかと思うたら、意外なことを言われたんどす。

『遺伝かもしれへんなぁ。うちもあんたのお父ちゃんと出逢うたんは、お父ちゃんが芸大の画学生やった時や。よう考えてみぃ。絵で食べて行くなんてどれほどたいへんか。そやけどうちは、お茶屋やっててお金には不自由せえへん。うちは一生懸命に働いて、この男はんが一流の画家になるまで支えようて決めたんや。あんたは、どないなんや』

　てなあ。

　康介はんは、将来、歴史の学者さんになると言うてはる。でも、大学院の博士課程を卒業するのに五年、その後、大学で研究するいうてもたぶん薄給や。うちも、母親がそうして生きてきたように、好きになってしもうたお人を支えて生きていこうて覚悟を決めたんや」

琴子お母さんが、いかにも懐かしげに言わはった。

「あの時、『鍵善』さんで、くずきり食べながら話聞いて、びっくりしましたわ。どんな大金持ちとだって一緒になれるのに、なんでわざわざて。きっとあんたら二人に焼きもち焼いてたんやないか思います。ラブラブやったさかいになぁ」

「その通りや。好きな人がでけた。その人のために働く。もうバラ色の毎日で、葵祭と祇園祭と時代祭がいっぺんにやってきたみたいに幸せやった。ところが、人生いうんは、そないにええことばかりは続かへん」

うちは、思わず訊いてしもうた。

「ニィ（どないしたん？）」

陽向ちゃんと爽馬君の瞳が、同時に大きく開くのがわかりました。

「康介はんのお兄さんが、亡くならはったんや」

「ミャウ〜ニィニィ（そんな〜なんでなんで？）」

「実家の寺を継ぐはずのお兄さん、大学の登山部やった。卒業してからもOB会でときどきあちこちの山、登ってはったんや。お父さんは『もしものことがあったら』言うて、ええ顔しはらへんかったんやけど、『山伏の修行と同じや』言うて笑ってはったそうや。それが……北アルプスで遭難しはって。そのことが、うちの運命を変えたんや」

　もも吉お母さんは、ここまでしゃべり通しどした。ここで、「ふう」と息を吐いてお茶を一口、二口と飲まはった。店の中は、シーンと静まり返ってます。恭子お母さんと琴子お母さんは、もも吉お母さんと大の仲良しやさかい、その「重大事」いうんを知ってはるんやろ。暗い面持ちで、目を少し伏せて黙り込んではる。

　陽向ちゃんと爽馬君は、じっと息をひそめて話の続きを待ってます。

　もも吉お母さんは湯飲みを置くと、再び話を始めはりました。

「お兄さんの四十九日も待たずに、康介はんに言われました。

『僕とのことはなかったことにしてほしい』

て。うちは、目の前が真っ暗になったこと、よう覚えてます。そやけど、そないなことになるんやないかて、良うない予感はしてました。康介はんの実家の寺の後継ぎが亡うなってしもうた。養子に出した先の寺では、男の子が生まれた。となると、康介はんは用済みや。康介はんに、実家に戻って来て、寺を継いでほしい。康介はんのご両親は、そう思っているに違いない。またまた康介はんは、忖度しはった。ご両親は、『帰って来てくれ』て、言いたいけど言えへん。仏門に仕えるもんが、自分たちの都合で息子の人生を弄ぶような、そないな人の道にはずれること言うてはあかん、と耐えてはる。康介はんは、ご両親の気持ちを慮って、自分から言うたそうどす。『僕が寺を継ぐから心配せんでもええ』て」

うちは思わず叫んでしもうた。

「ミャ〜！　グルグルニャ〜（そんな身勝手な！　もも吉お母さんのことは、どうなるん？）」

「うちは、即座に思いました。『これは抗えん運命や』て。うちは、お茶屋の一人娘や。家を継いで、ゆくゆくは女将になると決めてました。仮に家を継ぐんを諦めたとしても、康介はんのことがいくら好きやとしても、花街の女子が寺に嫁ぐなんてことは康介はんのご両親が認めてくれるはずがない。もしも、もしもや、ご両親が認めてくれたとしても、檀家さんらがええ顔せえへん。今では、そういうカップルもいてはるかもしれへん。そやけど、当時はそういう考え方が普通やったんや。うちは、目眩を覚えつつも、こう答えましたんや。

『それがええ思う』

てなぁ。うちが好きになったんは、康介はんの『人を思うやさしい気持ち』や。実家のご両親を見捨てるようなお人やったら、こっちから願い下げや。そやけど……そやけど……それは、康介はんと別れるしかないいうことどした」

うちは、「静寂」いうんは、こないな場面を言うんや思いました。

「ミャ〜ウ（つらぃ、つらぃわぁ）」

と鳴いて、もも吉お母さんにすり寄ります。

「康介はんは、その数日後に僧籍を得るために、遠くの山寺に修行に行かはった。できることなら、見送りたかった。そやけど、未練は自分が辛うなるだけや。うちは朝早う起きて、その山寺の方を向いて手を合わせ、康介はんの無事を祈りつつ心ん中で言いましたんや。『おおきに、さようなら』てなぁ」

恭子お母さんが、見かねたようにして言わはった。

「ももちゃん、もう充分や」

「ううん、恭子ちゃん。ここからが大事な話や」

「わかってる。わかってるけど……そんなことまで言わんでも」

陽向ちゃんが、もらい泣きをしながら言わはります。

「もも吉お母さん……まだ続きがあるんどすか？」

「そうや、映画ならこれからがクライマックスや」

「……」

もも吉お母さんは、少し険しい顔をしはって再び話し始めはった。

「康介はんが修行に旅立たはって、一月ほどが経ったある日のことや。うちは、まさかと思うたんやけど、母親の紹介で総合病院へ診てもらいに行ったんや。そないしたら……お腹に赤ちゃんがいることがわかりましてなぁ。康介はんの子や。もし、これが康介はんが修行に行かはる前やったらどないやったろ。ちらっとそう思いました。でも、それはそれで、余計に自分が苦しゅうなるだけや。そやかて、康介はんを悩ませるだけやさかいになぁ。ひょっとしたら……ううん、きっと康介はんは、両親に悲しい思いをさせてでも、うちと一緒になってくれたかもしれへん。赤ちゃんを不幸にさせへんためになぁ。

うちは、すぐに母親に相談しました。

すると、一瞬驚いた顔しましたが、『おめでとう』と言うてくれました。ということは、母親はうちと同じこと考えてるんやてわかりました。尊敬する大好きなお人の子や。大事に大事に育てよう。そやけど、康介はんと実家のお寺さんに迷惑はかけられへん。あらぬ噂、一つでも立てられるようなことは許されへん。父親が誰なのか、誰にも言わずにお腹の子を育てようと決心したんどす。母親も、『心配せんでもええ、うちも付いてるさかい』と励ましてくれました。ところが、それからしばらくして、心臓の病で、母親が、突然に亡うなってしまったんどす」

おジャコは、心が張り裂けそうで鳴いた。

「ミィウ、ミィウ（なんでやの、なんでやの）、ニィニィ（神様はどこにいてはるの？）」

「うちは、心の支えを失うてしまいました。絶望いうんは、こういうことなんやろうかと思いました。ただ呆然とする中、葬儀を終えると何も考える間もなく、代々の家業であるお茶屋を引き継ぎ、女将になったんどす。そやけど、いきなり『女将業』が務まるわけあらしまへん。祇園で育ち、祇園で働いてはきましたが、経営となると素人同然や。先輩のお母さん方にアドバイスを受けて、ご贔屓さんにご挨拶に回りました。それでも、宴席の数は減る一方どした。

そんなある日のことや。玄関を開けたとたん大勢の男の人らに囲まれました。

『東出代議士とのお付き合いは長いんですか？』

『もも吉さんは愛人なんですか？』

いったい何のことやら、わからしまへん。キョトンとしていると次々にシャッターが切られます。『なんなんどす』て言うて、玄関の戸を閉めようとしたところで腕を摑まれ、『まさか、知らないんですか？』と、目の前に開いた週刊誌の一ページを差し出されたんどす。そこには、男女が抱き合う写真が写っていました。見出しを見て足がすくみました。

『次期総理候補・東出朔太郎氏　深夜のキスシーン

祇園一の芸妓と熱愛！』

うちと、ご贔屓の東出代議士さんが、抱き合って写っていました。東出朔太郎はんの父親は、大臣を何度も務めた地元選出の大物代議士どした。うちの母親、さらに祖母の代からのご贔屓さんや。朔太郎はんは俳優顔負けのルックスで女性の支持者が多く、街頭演説では芸能人のように握手を求められるお人どした。そんな朔太郎はんは、次期総裁選に出馬することが決まっていました。現職総理との一騎打ちどす。

うちのお茶屋で後援者との打ち合わせをした帰りのことどした。ちょっと飲み過ぎはったせいか、朔太郎はんがフラッとよろけました。それをうちが、転ばんようにと抱きかかえたんどす。ただ、それだけ。そやのに、その瞬間を表で待ち構えていたカメラマンに撮られてしもうたんですやろな。

身に覚えのないこと。嘘の報道。凛（りん）として構えていればいい。そう思いました。そやけど、世間はそうは見てはくれまへん。面白おかしく囃（はや）し立て、新聞やテレビまでもがお茶屋に押し寄せて、買い物に出かけることさえままならなくなりました。

さらに、良うない噂まで広がりました。

『もも吉お姉さん、センセイの二号さんやったんやて』

『やっぱりなあ、繁盛しとるんは政治家さんのおかげやったんや』

とたんに店は閑古鳥が鳴くようになりました。昨日まで、『母親を亡くして気の毒や』て応援してくれていた花街の人らも、口々に噂するようになったんどす。

『ご贔屓さんが大勢おって、有頂天になったんと違うか』

『そやさかい、神さんの罰が当たったんや』

うちは、泣いて泣いて、泣きつくしました。

神様も仏様もこの世にはいてへんのやないか。なんで、こないに続けて辛い仕打ちを受けなならんのか。今やから言います。もう死んでしまいたいて思いました。寺社の前を通っても、手を合わす気持ちが失せてしまい、素通りするようになりましたんや。なにしろ。神も仏もないんやないかて思うてるさかいになぁ。そう、心が荒み、自暴自棄になってました。

そんな時、うちの話聞いて、一緒に泣いてくれたんが、恭ちゃんとお琴ちゃんや」

恭子お母さんも、琴子お母さんも、ハンカチを手にして涙を拭ってはります。

もも吉お母さんが、暗くなった雰囲気を一掃するような声で言わはりました。

「長い話になってしもうた。ちびっとお腹空いたさかい、あんたらもご飯付き合うてくれるか？」

うちは、お腹が空いてはいるものの「なんでこんな時に」と首をひねりました。陽向ちゃんと爽馬君も、キョトンとしてはります。

「ちびっと待っといておくれやす」

そう言うと、もも吉お母さんは奥の間に下がらはった。そして、間もなくお盆を手にして戻って来はりました。

「一緒に食べまひょ。どうぞ、召し上がっておくれやす」

それぞれの目の前に置かれた皿には、旬のセリとお揚げさんの炊いたんが盛られています。それに、ご飯とお味噌汁。虫養い（むしやしな）や。京都では、少しお腹が空いた時に食べる軽い食事のことをそう呼びます。

みんなどうしてええかわからんと、箸（はし）も取らずにもも吉お母さんの顔を見つめはりました。もも吉お母さんは、こんな話しはったあとで、どないしはったんでしょう。

「康介はんのこと、ずっとセリみたいなお人やと思うてました」

「え⁉　セリですか？」

と、陽向ちゃんが尋ねはります。

「知っての通り、京セリは京野菜の一つで、今時分の冷たい水の中で育つんや。大雪が降って畑が一面の雪景色になっても、雪が解けるとまたシャンッとして立ち上がるんや。精が強いんやな。なんべんも理不尽な目ぇに遭うても、その時その時、負けんように周りを幸せにしようと生きる康介はんの姿と重なってしまいます。うちは、そんな康介はんを支えて生きてゆこう思うた。そやけど、それはかなわへんかった。そやけど、そやけどなぁ……」

うちは、もも吉お母さんがかすかに涙声であることに気付きました。どうやら、みんなもわかってはるみたいどす。

「康介はんとは、『出あいもん』やったと思うてます。セリとお揚げさんのように、風味を互いに引き立てて、それぞれ別に食べるよりも何倍にも美味しゅうなる食べもんの取り合わせと同じやてなぁ。

そんな『出あいもん』の康介さんの子や、大事に育てんと神様仏様に申し訳ない思うたんどす。美都子は、父親のこと知らんと育ちました。うちに、なんべんも『うちのお父ちゃんはどこにおるん?』と、責めるように訊きました。それに答える訳にはいかへん。美都子に辛い思いさせて、ほんまに申し訳ない。世間様からは『名乗れへん家の子なんやろう』とか『代議士の隠し子や』などと言われて、イジメに遭うたて耳に入ってます。それでも、うちは……うちは……美都子に対する罪の意識も含めて、墓の中まで、この秘密は持っていく覚悟して生きてきましたんや」

次の瞬間、もも吉お母さんの眼差しが一変しました。

一つ溜息をつき、裾の乱れを整えて座り直さはった。背筋がスーッと伸びます。

帯から扇を抜いたかと思うと、小膝をポンッと軽～く打たはった。それは、ほんのほんの小さな動作やったけど、まるで歌舞伎役者が見得を切るように見えました。

でも、険しいという訳やなく、包み込むようなやさしさが漂ってきました。

「若いお二人に訊きまひょ。あんたらは、『出あいもん』どすか？」

「え？　……」

戸惑うように陽向ちゃんは、声を漏らさはった。

そやけど、爽馬君が眼ぇ見開いてはっきり答えます。

「僕らは、『出あいもん』やて信じてます。な、陽向」

「へ、へぇ……うちも爽馬君とは『出あいもん』や思うてきました。二人とも、学校行けへんもん同士どした。それがフリースクールで出逢うて、お互いの夢語りおうて、苦しい時励ましおうて、こないな人は世界に他におらへん思うてます」

「おおきに、陽向」

「ううん、爽馬君」

ついさっきまでとは打って変わって、爽馬君は言葉に力があります。

「もも吉お母さん、僕は恥ずかしいです。今回の僕のことなんか、もも吉お母さんの人生に比べたら小さなことやて思いました。ただ、逃げてただけ。刑務所に入れられるんやないかて、怖くなって逃げてたんです。僕は何があっても、陽向と、陽向のお腹の子を幸せにします。万一、裁判で有罪になっても、その十字架を負うのは僕や。罪をしっかりと償うて、この子に恥ずかしくない親になります。僕も、もも吉お母さんのように覚悟を決めました」

もも吉お母さんは、ホッとした顔つきで言わはりました。

「思い切って話してよかったわぁ。うちの、せつない恋バナが役に立ったんなら、今まで苦労して生きてきた甲斐があったというもんどす」

「ニィ！　ニウ（誰か来はるよ！）」

小路の格子戸が開く音が聞こえました。

靴の音が鳴ったかと思うと、襖が開いて店に入って来たのは……。

「ああ、美都子。おかえりやす」

もも吉お母さんが、美都子さんを迎えます。うち、もう心臓が止まるか思いました。そやかて、たった今、あんな話したばかりなんやから……。

「遅うなりました。……え！　爽馬君、なんでここに？」

「はい、ご心配おかけしました。美都子さんもご存じやと思いますが、大勢の方に迷惑かけて逃げ回ってました。そやけど、もも吉お母さんにしっかりせんとあかん言われて、再出発しようと覚悟決めたところです」

「ずっと、ここにいはったん？」

「はい」

「ということは、知らへんのどすか？」

「なんのことでしょう」

美都子さんは、スマホを取り出すと、チョイチョイッと操作しはってから爽馬君の前に置かはりました。うちも、近寄って画面をのぞきます。

〝～ジャパン netnews～
不正資金流用の疑惑が持たれている株式会社サンガエンペラーの谷川健作(けんさく)常務取締役が警察に出頭。内山爽馬社長の指示で行ったというネット上の書き込みは虚偽で、すべては自らが独断で行った。政治家への不正献金はデマと自白した〟

美都子さんが、

「きっと常務さんも、罪の意識に苛まれたんやと思います」

と言わはります。爽馬君、これを見てへなへなとなってしもうた。わかる、わかりますえ。陽向ちゃんが、爽馬君の手を握らはる。

「よかったねぇ」

そして、琴子お母さんに言わはりました。

「うち、子どもを産んだら、また芸妓に戻って爽馬君を支えたい思います。ええでしょうか」

「それはええ、もちろんや。みんなで応援するさかい」

爽馬君が、みんなの顔を見回して宣言するように言わはった。

「これから弁護士の先生に連絡して、明朝一番で記者会見します。もう逃げたりせえへん。この子のためにも。会社の整理の目途が立ったら、また一から新しいゲームを作ろう思います」

そう言い、陽向ちゃんのお腹にそっと手を当てはりました。

二人とも、瞳がキラキラしてはる。

眼ぇが涙で潤んでいるからだけやない。きっと、もう一度人生をやり直す、希望に満ちあふれてるからやと思います。

「ミャウ〜ニャウ（よかったなぁ〜おめでとうさんどす）」

あれ？　……ちょっと待っておくれやす。うち、なんや心ん中が、もやもやします。

「ニィ、ニィニィミャア（もも吉お母さん、その康介はんいうんは、どこのどなたなん？）」

琴子お母さんが、うちの頭を撫でて言います。

「なんや、今日はおジャコちゃんがよう鳴いてますなぁ」

「二人におめでとう、て言うてるんやない？」

と、恭子お母さんが答えはる。

「ミ〜ウ、ニィニィミャア（ねぇねぇ、その康介はんいうんは誰なん？）」

美都子さんが、うちのこと抱きかかえてくれます。

「おジャコちゃん、そないに鳴いて具合でも悪いんか？」

「ニニニィ、ミャウミャウ〜（違う違う、美都子さんのお父さんのことなんや〜）」

誰もうちの話、聞いてくれへん。もうええわ。

外で、ヒューッて風の吹く音がしました。

まだ春までには、一度か二度、雪が降るかもしれまへん。

そやけど、もも吉庵の中はポカポカで眠とうなってきました。
うちは、美都子さんの腕の中で夢の中へと落ちていきました。

巻末特別インタビュー

著者・志賀内泰弘がもも吉お母さんに祇園界隈の美味しいランチのお店を尋ねる

「ああ、美味しい。なんべん食べても頬っぺたが落ちそうです」

今日も、取材で「もも吉庵」を訪れた。早速、ご馳走になったのは、もちろん麩もちぜんざいだ。

「今日の小豆は、丹波大納言を使うて拵えました。少し大粒で皮が薄いのが特徴どす」

「それで、より風味が豊かで、舌触りがやわらかに感じるんですね」

「志賀内さんのおかげで、今まで以上に評判になってますのや」

「そうそう、出版社にも問い合わせがあったそうです。麩もちぜんざいを食べたいのですが、『もも吉庵』が、どこにあるのか教えてくださいって。その方は、かなりネットで調べたらしいけど、わからなかったって」

「それはそれは光栄なことや。嬉しおすけど、困りましたなぁ」

そこへ、小路に面した格子戸が開き、トントンッと飛び石を鳴らす靴音が聞こえた。

「ただいま帰りました」

「おかえりなさい、美都子さん」

「あっ、おこしやす志賀内さん。三週続けてやないですか？　名古屋から新幹線で行ったり来たり、物書きさんもたいへんどすなぁ」

麩もちぜんざいもさることながら、美都子の笑顔を見ると、あちらこちらと歩き回った一日の疲れが吹き飛ぶ気がする。もも吉が言う。

「志賀内さんなあ、今日は美味しいランチのお店を教えてほしいて訪ねてきはったんや」

「はい、できたらこの祇園界隈の、それも芸妓さん・舞妓さんなど花街の方たちが贔屓にされているお店を教えていただけるとありがたいんですが」

美都子は私の隣に座り、

「それならうちは、ぜひ、安価で毎日でも行けるお店を推薦したい思います」

と、少しばかり口調に力を込めた。法衣姿の隠源和尚が腕組みをして尋ねる。

「なんや美都子ちゃん。言いたいことがあるみたいやなあ」

「そうなんよ、隠源さん。よう修学旅行生の案内をさせてもろうてるんやけど、うちらの頃とは違うて、えろう高いお昼ご飯食べはる子らがいてるんよ」

私の子どもの頃の修学旅行はというと、バスガイドさんが旗を持って、その後ろをぞろぞろと長い行列で付いて行ったものだ。それが今では、タクシー観光が当たり前。生徒さんが立てた計画どおり、ドライバーが数人の生徒を乗せてお寺や神社だけでなく、人気のグルメスポットなどを回る。なんとも羨ましいかぎりだ。

「今日も東京の私立高校の生徒さんらを案内させてもろうたんやけど、お昼は六盛さんの手をけ弁当を食べたいいうことでお連れしたんよ」

「六盛やて⁉　ずいぶん贅沢やなぁ」

「京料理　六盛」の「手をけ弁当」は、木桶の中に、あえ物、出汁巻、焼き魚など季節の逸品が詰め込まれ、気軽に京料理を楽しめると評判だ。日帰りバスツアーの、お昼ご飯に組み込まれていたりもする。

「税込みで三千四百十円どした」

と隠善が言う。

「ええ～！　僕も食べたことないで」

「この前の子らは、木屋町のイタリアンで五千円のコース食べてはった。時代が変わったんやなぁ」

もも吉が言う。

「ええことやないか。せっかく京都へ来はったんやったら、若いお人らにも一流の味を召し上がっていただくことは大切や思いますえ。そやけど、この祇園にもお値打ちなお店がぎょうさんありますえ。例えば、『グリル富久屋』さんや。明治四十年の創業。志賀内さんが書いてはる『京都祇園もも吉庵のあまから帖』にも登場しますけど、ここの『フクヤライス』は舞妓たちの間でも大人気や。オムライスなんやけど、他では見たことないくらいに鮮やかどす。ふわトロ卵の上にトマトやグリーンピース、マッシュルームが散りばめてあって、写真撮らはる人も大勢いてはるて聞いてます」

私も一度、もも吉お母さんに連れられて食べに行ったことがある。思い出すだけで涎が出そうだ。

「そうなると、わても黙っておられへん。気軽なランチいうたら、うどんが一番や。志賀内さんが『祇をん萬屋』さんの『ねぎうどん』のことも書いてはるけど、合わせて推薦したいんは『おかる』の『カレーうどん』や。やわらかい京風うどんに、よう出汁の利いたカレースープはクセになるで。夜、遅うまでやってるさかい、先斗町で足下がふらつくほど呑んだあとの『しめ』にぴったりや。芸妓さんが始めた店やからか、舞妓さんもよう見かけるで」

隠善が、「えへん」と咳払いし、

「そないに呑んだ上に、カロリー取り過ぎと違うか？　総合病院の高倉先生に叱られるで」

と隠源を睨みつけた。

「うっ、よけいなこと言うてしもうた。美味しいもんとなるとつい口が滑るわ」

もも吉が、思い出したかのように声を上げた。

「そうや、軽い食事になりますけど、祇園にはサンドイッチが名物のお店もぎょうさんあります」

「へ～意外ですね。教えてください」

「まずは、『切通し　進々堂』やなぁ。きれいな色とりどりのゼリーが有名なお店やけど、うちはここの玉子サンドが大の好物どす。食べやすいように芸舞妓さんのおちょぼ口に合わせた大きさに拵えてありましてなぁ。その上、食べやすいようにと爪楊枝で固定されてるのが嬉しおす。ふわふわのパンに卵とキュウリの相性が格別どすえ」

これはぜひ、行かなくてはならない。

「あとサンドイッチいうたら、絶品のお店があります。『ZEN　CAFE』さんどす。こちらは葛切りで有名な老舗和菓子店『鍵善良房』さんが、自慢の和菓子をもっと身近に自由に楽しんでもらおう思うて出さはったお店なんや。うちは特製く

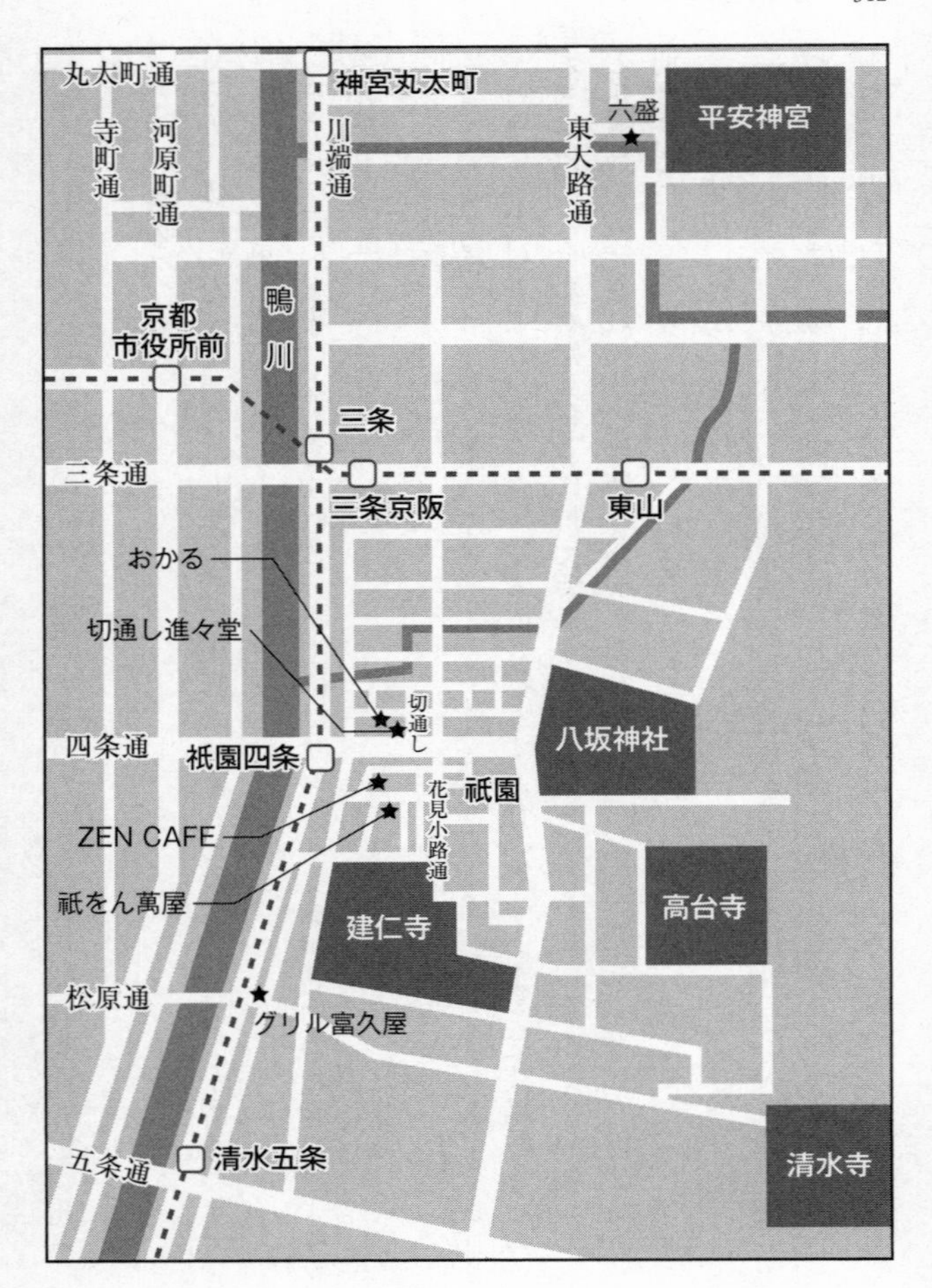

丸太町通
神宮丸太町
平安神宮
六盛
寺町通
河原町通
川端通
東大路通
京都市役所前
鴨川
三条
三条通
三条京阪
東山
おかる
切通し進々堂
切通し
四条通
祇園四条
祇園
八坂神社
ZEN CAFE
花見小路通
祇をん萬屋
高台寺
建仁寺
松原通
グリル富久屋
五条通
清水五条
清水寺

ずもちゃ上生菓子をよういただきに行きますけど、ここの『フルーツサンド』がこれまた大人気なんどす。季節ごとにフルーツが変わるさかい、なんべんも通いたくなりますえ」

「あ〜それはいいですねぇ。今すぐにでも食べたくなりました」

もも吉がにこやかに言う。

「今度の日曜、みんなでランチと甘いもん巡りしまひょか？」

「あっ日曜はあかん。大事な会合があるんや。他の日にしてくれるか」

と隠源和尚が言うと、もも吉がすかさず、

「そないしたら日曜に決定や」

と冷たく言い放った。

「な、なんやて？　何イケズ言うんや」

「冗談や、冗談。みんなで行ける日、相談しまひょか」

「これは朝ご飯抜いて行かないといけませんね」

またまた京都へ来る楽しみが増えてしまったようだ。ポケットに、胃薬を入れておかなくてはと思った。

著者紹介

志賀内泰弘（しがない　やすひろ）

作家。

人のご縁の大切さを後進に導く「志賀内人脈塾」主宰。

思わず人に話したくなる感動的な「ちょっといい話」を新聞・雑誌・Ｗｅｂなどでほぼ毎日連載中。その数は数千におよぶ。

ハートウォーミングな「泣ける」小説のファンは多く、「元気が出た」という便りはひきもきらない。

ＴＶ・ラジオドラマ化多数。

著書『5分で涙があふれて止まらないお話　七転び八起きの人びと』（PHP研究所）は、全国多数の有名私立中学の入試問題に採用。

他に『№1トヨタの心づかい　レクサス星が丘の流儀』『№1トヨタのおもてなし　レクサス星が丘の奇跡』『なぜ、あの人の周りに人が集まるのか？』（以上、PHP研究所）、『眠る前5分で読める　心がスーッと軽くなるいい話』（イースト・プレス）、『365日の親孝行』（リベラル社）、「京都祇園もも吉庵のあまから帖」シリーズ（PHP文芸文庫）などがある。

志賀内泰弘公式ホームページ
https://shiganaiyasuhiro.com/

「京都祇園もも吉庵のあまから帖」シリーズ特設サイト
https://www.php.co.jp/momokichi/

目次、登場人物紹介、扉デザイン――小川恵子（瀬戸内デザイン）

この物語はフィクションです。

本書は、『PHP増刊号』（2021年9月号、2023年9、11月号）、に掲載された「京都祇園もも吉庵のあまから帖」に大幅な加筆をおこない、書き下ろし「祇園会の　会議は踊るおもてなし」「京セリは　雪解けを待ち耐えて生き」を加え書籍化したものです。

ＰＨＰ文芸文庫　京都祇園もも吉庵のあまから帖8

2024年1月23日　第1版第1刷

著　者　志賀内泰弘
発行者　永田貴之
発行所　株式会社ＰＨＰ研究所
東京本部　〒135-8137　江東区豊洲5-6-52
文化事業部　☎03-3520-9620（編集）
普及部　☎03-3520-9630（販売）
京都本部　〒601-8411　京都市南区西九条北ノ内町11

PHP INTERFACE　https://www.php.co.jp/

組　版　株式会社PHPエディターズ・グループ
印刷所　図書印刷株式会社
製本所　東京美術紙工協業組合

ISBN978-4-569-90368-2

PHP文芸文庫

京都祇園もも吉庵のあまから帖(1)〜(7)

志賀内泰弘 著

京都祇園には、元芸妓の女将が営む「一見さんお断り」の甘味処があるという――。ときにほろ苦くも心あたたまる、感動の連作短編集。

PHP文芸文庫

下鴨料亭味くらべ帖(1)(2)

柏井 壽 著

京都の老舗料亭を継いだ若女将のもとに、突然料理人が現れた。彼と現料理長が季節の食材を巡り「料理対決」を重ねていくのだが……。

PHP文芸文庫

京都下鴨(しもがも)なぞとき写真帖(1)(2)

柏井　壽　著

ふだんは老舗料亭のさえない主人でも、ひとたびカメラを持てば……。美食の写真家・金田一ムートンが京都を舞台に様々な謎を解くシリーズ。